나의 말하기 노트

이름

휴대폰

소속

존경하는 인물

좌우명

고정욱의
말하기 수업

표현과 전달하기 03

고정욱의 말하기 수업

고정욱 지음

애플북스

재석

글쓰기를 통해 꿈을 이루고 싶은 작가 지망생이다. 학교 다니면서 일진 노릇을 오래 해 말보다 주먹이 앞서는 바람에 원초적이고 무지막지한 질문을 잘한다. 엉뚱하지만 그만큼 창의적인 질문을 곧잘 한다.

민성

재석의 단짝이다. 영화감독이 꿈이다. 모든 걸 영상화시키는 버릇이 있는데 가끔은 그것이 말하기에 도움이 된다. 하지만 재석과 마찬가지로 말은 잘 못 한다.

보담

전교 1등에 금안여고 얼짱이다. 공부를 잘해 지식은 많지만 다양한 방식으로 말하기를 시도해 본 적은 없다. 논리적이고 현학적이지만 창의적이지는 않다.

향금

보담의 친구다. 방송반이며 리포터나 아나운서가 되는 게 꿈이다. 말하기 공부를 많이 하진 않았지만 사람과의 소통 능력은 네 사람 가운데 최고다.

고 박사

재석이네 학교 국어 선생인 김태호 선생의 스승이다. 소설, 동화, 수필, 평론, 콩트, 시나리오, 만화, 희곡 등 장르를 가리지 않는 전방위적 작가지만 죽기 전에 TED 강연 무대에 서는 것이 소원이다. 최근에는 전국 학교와 기업, 도서관 등에서 1년에 300여 차례나 강연을 하며 달변가가 되었다. 재석과 민성, 그리고 보담이와 향금이의 말하기 멘토자 청소년들의 정서를 이해하려 애쓰는 작가다.

박사 고양이

고 박사의 애완 고양이다. 고 박사가 깜박깜박하는 팁들을 콕 집어 알려 주고는 시치미를 떼곤 한다.

　나는 요즘 1년에 300번 가까이 전국에 있는 초중고등학교와 도서관, 기업 등에 강연을 다닌다. 몸이 열 개라도 모자랄 지경이다. 그런데 나는 어떻게 이런 사람이 될 수 있었을까? 나는 그 이유를 어려서부터 다른 사람 앞에서의 말하기 경험에서 찾았다.

　초등학교 때 우리 학급에서 유일한 장애아였던 나는 오락 시간이 되면 친구들 앞에서 재미있는 옛날이야기를 해 주는 역할을 주로 맡았다. 그것은 내게 그리 어려운 일이 아니었다. 그 당시 내 머릿속에는 다섯 살 무렵부터 읽었던 수많은 책 속의 이야기들이 와글거렸고, 그것들 중 하나를 꺼내 들려주면 그만이었기 때문이었다. 나는 그렇게 아이들 앞에 나가 이야기 들려주는 일을 반복했다. 그리고 그 과정에서 자연스럽게 말하기 역량을 기를 수 있었고, 말하기 노하우를 축적해 나갈 수 있었다. 그 결과 나는 내가 하는 이야기에 시끄러웠던 아이들이 일순 조용해지는 마법을 경험할 수 있었고, 오랜 시간이 흐른 지금은 그 마법을 더 많은 사람들을 통해 경험하고 있다.

미국에서 실시한 연구결과에 따르면, 우리 인간이 가장 두려워하는 것 2위와 3위는 다음과 같다고 한다.

2위: 불에 타 죽는 것
3위: 물에 빠져 죽는 것

충분히 공감이 갈 만한 일들이다. 그렇다면 1위는 무엇일까? 물에 빠져 죽는 것보다 두렵고, 불에 타 죽는 것보다 두려운 대망의 1위는 놀랍게도 다른 사람들 앞에 나가 발표(presentation)하는 것이다. 100명 중 무려 99명이 다리가 후들대고 손이 떨리며 정신이 오락가락한다고 한다. 그리고 너무도 두려워한다. 남들 앞에서 자신의 의견을 내고 조리 있게 의사 표현을 하는 것이 이만큼 두렵고 어려운 일로 여겨지고 있다니!

이 연구결과를 알게 된 뒤부터, 그리고 그 결과를 현실 속에서 확인한 다음부터는 더욱, 언젠가 말하기에 도움이 되는 책을 써야겠다고 생각했다. 수많은 말하기 울렁증 환자들에게 도움을 주고 싶었기 때문이었다. 이제 그 오래된 생각을 실천에 옮기려 한다.

사실, 소설이나 동화와 함께 글쓰기에 관한 책은 많이 써봤지만, 말하기와 관련된 책을 쓰는 건 처음이라 두려움이 컸다. 왜 안 그렇겠는가? 그렇게 어려운, 그래서 죽음보다도 두렵기까지 한 말하기인데. 나는 고민할 수밖에 없었다. '내가 말을 많이 했다고 해서 과연 그걸로 다른 사람들에게 말하기에 대해 가르칠 수 있을까?' 나는 시작부터 자신이 없어졌다.

하지만 한참을 고민한 결과, 말하기도 글쓰기와 마찬가지라는 결론을 얻었다. 다만 말하기는 글쓰기와 달리, 앞서 말한 나와 같은 특별한 훈련을 할 기회가 없었을 뿐이라는 생각이 들었던 것이다. 그렇지 않은가? 학교 국어 시간에는 글쓰기뿐 아니라 분명히 말하기에 대해서도 가르치게 되어 있지만, 입시 위주의 우리 교육 제도 때문에 대개의 학생들은 말하기를 배우고 공부할 기회는 갖지 못한 채, 오로지 읽기와 쓰기만 공부해 왔고, 지금도 그렇게 하고 있지 않은가? 나는 이 단순하면서도 명료한 생각에 자신감을 찾았고, 곧 책을 써나갈 수 있었다.

이 책은 청소년을 대상으로 한다. 성인들을 위한 말하기 책보다 청소년을 위한 말하기 책이 더 중요하고 시급하다고 판단했기 때문이다. 이 책의 목적은 말하기의 이론적 바탕을 제공하는 데 있지 않다. 나는 생활 속에서 우리가 조금이라도 나은 말하기를 할 수 있도록 도움을 주기 위해 이 책을 썼다. 그리고 이 책을 통해 청소년들이 말하기에 대해서 더 많이 생각하고 고민하길 바란다. 또한 가려 뽑은 다양한 연습문제를 통해 실제 말하기 능력도 기를 수 있기를 바란다.

말하기도 글쓰기처럼 꾸준히 공부하고, 연습해야 잘 말할 수 있다. 게다가 언제라도 할 수 있는 글쓰기와 달리 말하기는 더 많은 기회를 만들려고 노력해야 하며 기회가 생길 때마다 더 열심히 연습해 보는 자세가 필요하다. 일단 제일 편한 친구들 앞에서 이야기를 해보겠다고 일어서는 거다. 그리고 용기를 내어 첫 마디를 내뱉는 거다. 나는 기회가 닿을 때마다 학생들에게 일어서서 5분 스피치, 3분 스피치를 해보라고 시킨다. 제한된 시간 안에 어떻게든 한 가지 이야기라도 할 수 있게 되면, 그리고 그것이 반복되면 자연스럽게 더 좋은 말하기를 할 수 있게 되기 때문이다.

말을 잘하는 사람이 능력 있는 사람으로 인정받고, 말하기에 능숙한 사람이 리더가 되는 세상이다. 기회가 왔을 때, 조리 있고 분명하게 나의 이야기를 전달할 수 있다면 그 사람은 그 기회를 자신의 것으로 만들 수 있다. 그리고 그것이 반복되면 그 사람은 다른 사람에게 주목받을 수 있고, 더 많은 기회를 얻을 수 있다. 혹여 그렇지 못하더라도 최소한 말을 못 해 억울한 경우를 당하지는 않을 것이다.

말할 기회를 더 많이 만들고 서툴게나마 자기 생각을 밝히는 연습과 훈련을 한다면, 그리고 그것을 부단히 반복한다면 그 사람의 말은 분명 더 나아질 것이다. 그리고 그 사람의 삶 또한 분명 더 나아질 것이다. 이 시대 청소년들의 미래는 말하기 능력에 달려 있다고 해도 과언이 아니다. 이 책이 우리의 미래인 청소년들을 보다 강력한 인재로 기르는 데 조금이라도 도움이 되길 바란다.

2017년 북한산 기슭에서
고정욱

차례

3장 어떻게 말해야 하나?

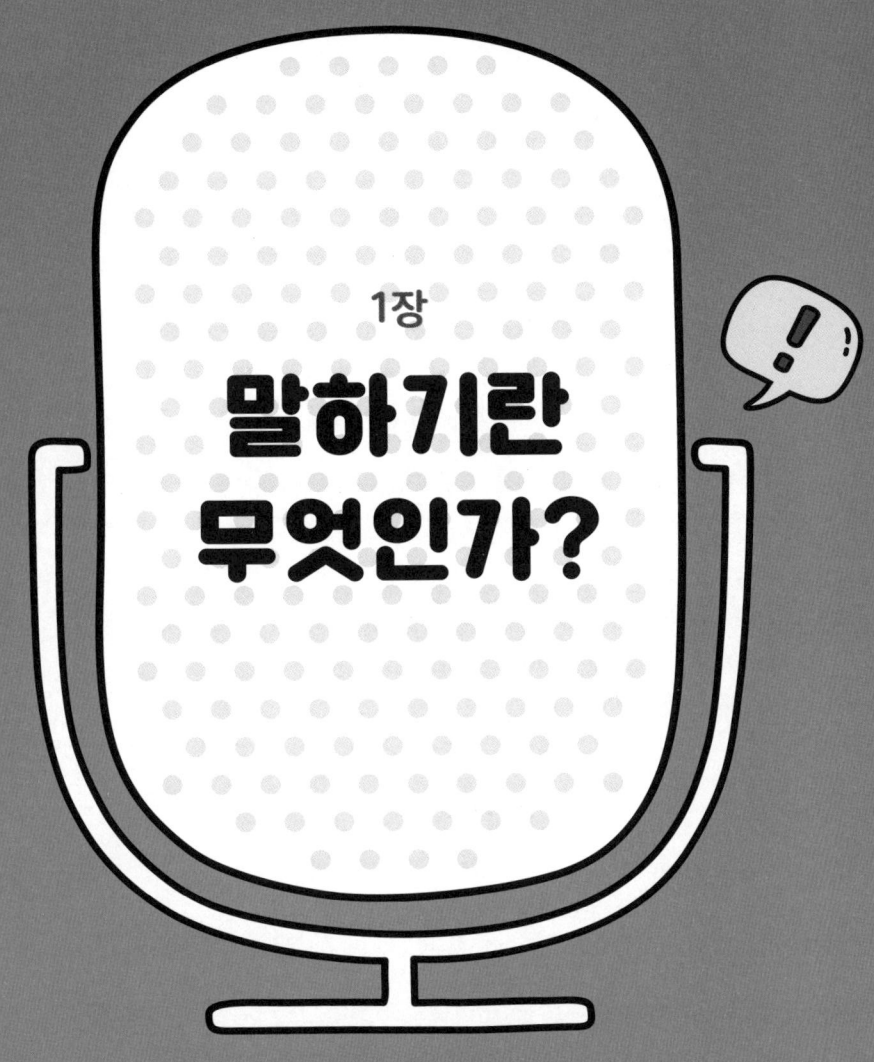

1장

말하기란
무엇인가?

우리는 아주 어려서부터 엄마나 아빠에게 말을 배우기 시작한다. '엄마' '아빠' '찌찌' 같이 아주 쉬운 말들을 익혀 자신에게 필요한 것을 요구한다. 이렇게 간단하게 배운 말이 점점 복잡해져 나중에는 몹시 어려운 내용도 말할 수 있게 된다. 평생 그렇게 말로써 사람들과 소통하고 어울려 생활한다. 말을 통해 생각하고 말을 통해 세상을 배우는 것이다.

말하기에는 분명한 목적이 있다. 나의 뜻을 상대방에게 정확히 전달하는 것이 그것이다. 상대방이 이해하지 못한다면 그것은 제대로 된 말하기라 할 수 없다.

1
말이란 무엇인가?

박사님, 안녕하세요? 고민이 있어요. 엄마는 제가 너무 말이 많다고 야단쳐요.

저는 말이 너무 없다고 보담이에게 구박 들었어요.

그래. 다들 말 때문에 문제가 많구나. 그만큼 말은 우리 삶에서 잠시라도 떼어 놓을 수 없는 중요한 거지.

말이 왜 그렇게 중요하죠?

사람은 말을 통해 관계를 맺고 마음을 나누니까 당연히 중요하지. 말은 곧 생활이라 할 수 있어. 그리고 말하는 이와 듣는 이가 서로의 마음을 교환하며 의사소통을 하는 도구가 말이기 때문이야.

전 말을 잘한다는 칭찬을 듣기도 했어요.

 말을 잘한다는 것은 자신의 입장만 표현하고 좋은 말만 번지르르하게 한다는 의미가 아니야. 어떤 사람한테든 자기 생각을 잘 전달하고 이해할 수 있게 하고, 상대방의 상태를 파악해서 감정이 상하지 않도록 배려해주는 마음을 갖추고 있어야 하지. 다시 말해서 말을 잘한다는 것은 논리적이고 질서 정연하게 자신의 의사 표현을 할 줄 아는 IQ적인 능력과 상대를 이해하고 배려하는 EQ적인 능력이 동시에 발달해야 한다는 뜻이기도 해.

 EQ라면 제가 또 빠질 수 없지요.

 맞아. 향금이는 평소에도 늘 남을 배려하고 공감하려 하지. 말이란 일상생활 속에서 끊임없이 주고받는 것이기 때문에 무의식중에 몸에 배어 있어야 하는 거란다. 따라서 평소에 어떤 언어 습관을 들이느냐에 따라 그 사람의 말하기 능력이 결정되지. 말을 한다는 건 너무나 자연스럽고 당연한 일이라 대부분 너무 쉽게 생각해서 함부로 하는 경향이 있는데, 훈련과 반복적인 연습을 통해 익히고 연습해야 말하기도 잘할 수 있게 되는 거란다. 평소에 신경 써서 말을 한다면 그만큼 좋은 말을 할 수 있게 되지.

신중하게 말해야 하는 거죠?

맞단다. 말은 한 번 하면 다시 주워 담을 수 없거든. 말을 한 사람이 자신이 한 말을 취소한다 하더라도 취소한다는 그 말까지 남게 되지, 이미 한 말이 없어지지는 않아. 따라서 말을 할 때는 항상 신중히 생각한 다음에 자신이 책임질 말만 해야 해. 그래야만 인간관계도 더 원활해질 수 있단다.

말하기와 글쓰기엔 조금 차이가 있는 것 같아요. 예를 들어 글은 수정이 되는데 말은 수정이 안 되는 것 보면요.

또한 말을 할 때는 호흡을 이용하잖니? 즉 숨을 들이쉬고 내쉬는 과정을 통해 말을 하게 되는데 폐 속에 빨아들였던 공기가 나오면서 성대를 울리면서 소리가 나지. 그 울림이 목과 입안의 혀나 입술 콧구멍 등을 통해 밖으로 나오면서 여러 가지 소리로 변하게 되는 거야. 이렇게 다양하게 내는 소리에 일정한 의미를 담을 수 있다는 것도 차이점이지.

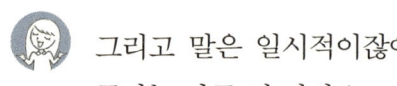 그리고 말은 일시적이잖아요? 여러 번 읽을 수 있는 글과는 다른 것 같아요.

 음성언어는 시간과 순서에 따라 연결되고, 말하는 즉시 사라지지. 그렇지만 그 소리를 들은 사람은 말한 사람이 무엇을 이야기했는지 그 뜻을 알게 됨으로써 그 말을 행동으로 옮기게 되는 거야.

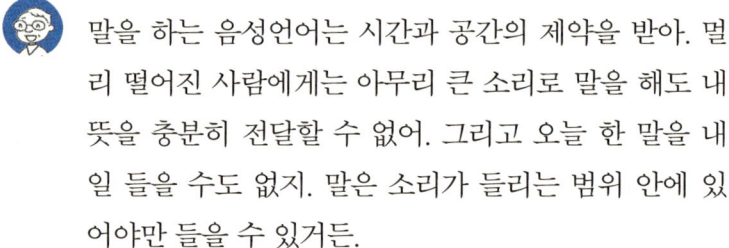 멀리서는 들을 수 없다는 점도 글과 달라요.

말을 하는 음성언어는 시간과 공간의 제약을 받아. 멀리 떨어진 사람에게는 아무리 큰 소리로 말을 해도 내 뜻을 충분히 전달할 수 없어. 그리고 오늘 한 말을 내일 들을 수도 없지. 말은 소리가 들리는 범위 안에 있어야만 들을 수 있거든.

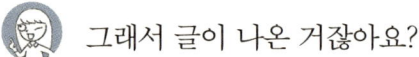 그래서 글이 나온 거잖아요?

맞아. 글은 말이 생긴 이후에도 한참 뒤에 나왔단다. 하지만 요즘은 기술 발달로 녹화 영상이나 녹음 기능

을 이용해 시공을 초월해 말을 전달할 수 있게 되었지. 그만큼 인간에게 있어서 말하기가 얼마나 중요한지 말해주는 증거라 할 수 있어.

중국 전국 춘추시대 주나라의 귀곡이라는 곳에 선가도술에 능통한 귀곡자(鬼谷子)란 사람이 있었다. 그를 따르는 제자들이 많았는데 그중 소진(蘇秦)과 장의(張儀)라는 제자가 있었다. 그들은 귀곡자로부터 병법과 심리학 등의 가르침을 받고 세상에 이름을 날리고자 산에서 내려왔다.

소진은 가족들의 반대에도 불구하고 가산을 팔아 진나라로 갔지만, 혜문왕은 그를 쓰지 않았다. 소진이 돈이 다 떨어져 고향에 돌아오니 가족들의 냉대가 극심했다. 소진은 다시 귀곡이 준《음부(陰符)》라는 병법서를 보고 열심히 공부한 뒤 조나라로 갔지만 역시 등용하지 못해 다시 연나라로 갔다.

당시는 진나라가 전국 7웅(진, 제, 초, 위, 한, 조, 연) 중 가장 강한 나라였기 때문에 다른 6국은 진나라의 침략을 두려워하던 때였다. 소진은 이전에 진나라에 들어가 연횡책을 펴려 했으나 뜻을 이루지 못한 바가 있었기 때문에 이번에는 연나라로 가서 합종책을 추진한다. 그리고 진나라를 두려워하는 6국을 설득하여 6국 합종에 성공한다.

한편, 위나라 사람인 장의는 초나라로 갔으나, 벽옥으로 만든 의기를 훔친 혐의로 태형을 받고 쫓겨난다. 소진의 주선으로 진나라에서 벼슬살이를 하게 된 그는 혜문왕 때 재상에 올라 6국을 설득하여 진나라가 중심이 된 동맹 관계를 맺게 한다. 이로 인해 장의는 소진의 합종을 깨고 연횡책을 성공시켜 진나라를 중심으로 동맹 관계를 이룩하는 데 성공한다.

동문수학한 두 친구는 이렇듯 세 치 혀로 수십 년 동안 중국 천하를 쥐락펴락했던 것이다.

1. 아래 공자(孔子)의 말이 무슨 뜻인지 생각하고 글로 적어 보자.

   남들이 듣기 싫은 성난 말을 하지 마라. 남도 너에게 그렇게 대답
   할 것이다. 악이 가면 화가 돌아오니 욕설이 가고 매질이 오간다.

   ⇨

   _____

   _____

   _____

   _____

2. 아래의 말을 상대방을 배려하는 말로 바꿔 보고 소리 내어 열 번씩
   말해 보자.

   ex) 물 가져와!
   ⇨ 미안하지만 물 좀 가져다줄래?

   고3이니까 공부나 열심히 해라.
   ⇨

   _____

   나는 너처럼 한가하지 않아.
   ⇨

   _____

공부도 안 하고 넌 애가 왜 늘 그 모양이냐?

⇨

_____

빌려 간 책 왜 안 돌려줘?

⇨

_____

엄마, 배고파. 밥 줘.

⇨

_____

 고양이들의 언어와 인간의 언어는 서로 다르지만 한 가지 공통점이 있지. 그건 소통을 위한 도구라는 점이야.

2
왜 말하기를 잘해야 하는가?

 '웅변은 은이고 침묵은 금'이라는 명언도 있잖아요. 그런데도 말하기를 잘해야 하는 이유는 뭔가요?

 우리는 말을 통해 여러 사람과 관계를 맺지. 만나면 인사를 나누거나 자기소개를 하면서 몰랐던 사람과 알게 되고, 친해지기도 하지. 게다가 말을 통해 다양한 지식을 쌓고 폭넓은 인격을 갖춰나가기도 해. 학교에 가서 선생님 말씀을 들으며 공부를 할 수 있는 것도 말을 통해 지식을 전달받는 거야. 그뿐만 아니라 라디오나 텔레비전, 스마트 폰 등을 통해 정보를 얻는 것도 말을 통해 가능하지.

 그런데도 말을 많이 하지 말라고 하잖아요?

'웅변은 은이고 침묵은 금'이라는 격언은 특수한 경우에만 해당되는 말이야. 말을 잘못 했을 때 생기는 실수보다는 차라리 말을 안 하는 것이 낫다는 소극적 자기 보호지.

'말 한마디로 천 냥 빚을 갚는다'라는 속담도 있잖아요.

그렇지. 그만큼 말이 중요하고 꼭 필요하다는 것을 잘 드러내 주는 속담이지. 개개인은 하나의 독립된 소중한 존재란다. 사람 한 명 한 명이 우주인 셈이지. 모든 사람은 평등하고 모두 다 같은 권리를 가지고 있어. 그렇기 때문에 개개인의 생각 역시 중요하고 소중하지. 그리고 그것들이 말로 표현되었을 때 그 가치를 인정받을 수 있는 것이고.

맞아요, 말로 표현하지 않으면 그 사람의 생각을 다른 사람은 알 수가 없어요.

많은 사람들이 A라고 말할 때 B라고 말할 수 있는 용기 또한 소중하단다. 자기 생각을 적극적으로 밝히고 올바르게 표현해야 비로소 자신의 소중한 권리를 행사할 수 있거든. 내성적인 성격 때문에 아무 말도 못

해 자기 권리를 못 챙기는 사람들이 나중에 후회하는
경우를 많이 봤어.

 그럼 아무 말이나 막 해도 되나요?

 물론 절대 안 되지. 상대방을 고려하지 않고 내 입장만
얘기하면 내가 전하려는 뜻과 상대방과의 이해 사이
에 간격이 벌어지게 된단다. 이런 말이야말로 침묵만
도 못하게 돼. 오해를 불러일으키고 갈등만 빚게 되니
까 역효과가 나는 거지.

 그럼 어떻게 말하는 게 좋은가요?

 말할 때는 무엇보다 내가 전달하고자 하는 내용을 정
확히 설명할 줄 알아야 해. 말하기의 가장 소중한 의미
는 여기에서 완성되는 거야. 어느 한 사람의 일방적인
주장이 아닌 서로 주고받는 말 속에서 서로의 이해가
통해야 하지. 그것이야말로 서로의 뜻과 생각을 주고
받는 진정한 의사소통의 기본이지.

요나라가 고려를 침공했을 때 적의 장수 소손녕(蕭孫寧)과 담판을 벌인 서희(徐熙)는 우리에게 전설적인 웅변가로 잘 알려져 있다. 서희가 외교 담판을 벌인 것은 사실이지만 내용을 자세히 살펴보면 고려가 요나라가 원했던 것을 주었기 때문에 이 담판은 가능했다.

이 담판으로 고려는 요나라의 책봉을 받고 요나라와 조공 무역을 시작한다. 한 마디로 형님으로 모시게 된 거다. 그리고 요나라는 압록강 동안 280리의 땅(즉 강동 6주)에 대한 고려의 영유권을 인정해 준다. 이 땅에는 여진족이 살고 있었는데 고려가 그들을 몰아내고 차지해도 봐주겠다는 뜻이었다. 서희가 얻어낸 것은 결국 강동 6주를 차지할 수 있는 기회였다. 그 뒤 고려는 요나라의 방해 없이 강동 6주를 점령함으로써 고려의 북방 경계를 압록강까지 넓혀 나갈 수 있었다.

마치 세 치 혀로 나라를 구한 것처럼 과대평가되긴 했지만 당대 동아시아 최강인 요나라의 침략을 무력이 아니라 외교력으로 물리쳤다는 점만으로도 서희는 전설적인 외교관임이 분명하다.

스피치 훈련

1. 다음은 침묵과 말에 대한 격언들이다. 곰곰이 새기며 침묵과 말에
   대한 내 생각을 글로 적어 본 뒤 말로 해 보자.

   침묵은 자신 없는 인간의 최대 안전 방책이다. 자기주장을 해라.

   ─ 라 로슈푸코

   ⇨

   _____

   _____

   _____

   _____

   침묵은 자신을 신용할 수 없는 자에게는 가장 안전한 재치다.

   ─ 라 로슈푸코

   ⇨

   _____

   _____

   _____

   _____

2. 엄마가 동생에게만 예쁜 옷을 사주었다. 나도 예쁜 옷을 입고 싶다면 엄마에게 뭐라고 말해야 좋을까?

⇨

_____

_____

_____

_____

3. 극장에 들어가려고 줄을 서 있는데 앞에서 새치기한 사람이 있다. 그 사람에게 뭐라고 말하면 좋을지 써 보자.

⇨

_____

_____

_____

_____

 부뚜막의 소금은 넣어야 짜고, 말도 해야 말이라잖아. 상황에 따라, 목적에 따라 알맞은 말을 하고 소통하는 게 지혜로운 태도라는 걸 명심하자고.

3
말하기와 듣기

 말하는 것과 듣는 건 다른 건가요?

 왜 그런 걸 묻지?

 선생님께서 당신 말씀을 잘 들어야 말을 잘할 수 있다고 하셔서요.

 언어생활은 크게 말하기, 듣기, 쓰기, 읽기로 나뉘지. 이걸 학교에서는 국어 교과 과정의 4대 목표라고 해. 이 가운데서 듣기와 읽기는 정보를 받아들이는 것이라 할 수 있어. 남의 말을 듣거나 책을 읽음으로써 정보를 얻게 되고 그로 인해 지식을 쌓을 수 있지.

 그럼 나머지는요?

나머지는 표현 영역이라고 하는데 말하기와 쓰기가 거기에 해당되지. 말하고 글을 쓰는 건 내 생각을 누군가에게 전달하는 행위야. 특히 말하기는 언어활동의 네 가지 영역 중 가장 종합적이고 포괄적인 것이라 할 수 있어.

 왜 그렇죠?

 많은 정보를 다른 사람에게 가장 빠르게 전달하는 것으로는 말하기를 따라올 게 없기 때문이야. 아웃사이더라는 래퍼는 초당 10음절 이상 내뱉더구나. 아무리 타자를 빨리 치는 사람도 말하는 걸 그대로 받아치기는 어려워. 게다가 말하기는 글쓰기와는 달라서 일방적이지 않고 듣기와 함께 이루어진다는 특성이 있어.

 형님과 동생 관계인가요?

 말하기와 듣기는 동전의 양면과도 같지. 야누스의 두 얼굴이라고나 할까.

 읽기와 쓰기 같은 건가요?

 그것과는 성격이 좀 달라. 우리가 책을 읽었다고 해서

꼭 그 책에서 느낀 감동을 반드시 독후감으로 남기거나 다른 사람에게 책 이야기를 하거나 하지는 않잖아. 또 반대로 글로 쓰여진 것들이 모두 책이 되거나 다른 사람이 읽거나 하진 않지.

 아 그러네요.

 말하기와 듣기는 상대방이 있어야만 가능하다는 공통점이 있어. 즉 쌍방향이라는 거지. 그리고 말하기와 듣기는 동시에 이루어지는 것이기도 해. 그렇기 때문에 듣기가 제대로 이루어지지 않는 말하기는 혼자 말하는 독백에 불과하지.

 맞아요, 대화는 혼자서는 할 수 없으니까요.

 맞아. 대화라는 것은 이러한 상호작용 속에서 이루어지는 거야. 누군가의 생각이나 느낌을 들은 사람은 상대방에게 적절한 반응을 해 줘야 하지. 그렇게 말하기와 듣기를 통해 수신과 발신이 계속 진행되면서 대화가 진전되고, 멋진 아이디어를 얻기도 하고, 몰랐던 사실을 알게도 되는 거라고. 물론 서로를 이해하고 공감할 수도 있게 되지.

　"단순한 외적 아름다움은 주변 사람들에게 시기와 질투를 불러일으키고, 그것은 결국엔 인간의 추악한 욕망을 건드리지. 무조건 아름다움이 최고라고 단순하게 추종할 일만은 아닌 것 같아."

　"그래도 이왕이면 예쁜 게 좋지 않냐?"

　"물론 외모가 아름다운 건 좋지. 하지만 그것보다 중요한 것이 있다는 거야. 다른 사람의 아름다움을 부러워하고 그걸 최우선으로 여기다 보면 하나같이 겉모습에만 치중하게 되고, 결국 각자 가진 개성과 내면의 아름다움에 대해서는 생각하지 못하게 돼. 각자가 가진 재능이 아름다움이 될 수도 있는데 말이지. 가령 우리 학교에도 보면 다양한 아이들이 다 아름다운 삶을 살고 있어. 마음씨 고운 아이, 운동 잘하는 아이, 공부 잘하는 아이, 예능에 특별한 재능이 있는 아이. 민성이 너처럼 남을 즐겁게 해 주는 아이……."

　"그런데?"

　"그런데는 무슨 그런데야. 그런 자기의 아름다움을 찾아야 한다는 거지. 그리고 지금은 그걸 잘 가꾸고 키워야 할 때라는 거지. 세상이 아무리 외모만이 아름다움이라고 강요해도 꿋꿋이 주관을 가져야 해. 많은 사람이 똑같은 미의 기준을 갖고 아름다워지려 하고, 자기 본연의 아름다움은 외면한 채 외모만 가꾸려 하는 건 옳지 않다고 생각해."

민성도 뭔가 깨달음이 오는 듯했다.

"하긴 그래. 나도 향금이가 예뻐서 친한 건 아니야. 나랑 마음이 잘 맞아서거든. 향금이가 약간 푼수 기질이 있지만 그걸로 사람들을 즐겁게 해 주잖아."

"맞아. 나도 처음엔 보담이가 예뻐서 끌렸는데, 이제는 보담이 얼굴보다는 그 반듯한 자세와 자기를 관리하는 모습이 정말 아름답다고 느끼거든. 그리고 이번 사건을 겪으면서 아름다움이란 정말 다양하다는 것을 깨달았어. 준오 형 같은 사람도 열심히 사는 모습이 아름다운 사람이고, 부라퀴 할아버지도 포기하지 않는 집념이 아름다운 분이잖아. 그런데 이런 사실을 모르고 오로지 외모만 가꾸면 모든 문제가 해결된다고 생각하는 건 큰 잘못이야."

"정말 그런 것 같아. 예쁜 탤런트들이나 가수들도 나쁜 일로 구설에 오르고 그러잖아."

"다 같은 이치야. 우리는 그 사람들이 아름다우니까 행실이나 생각도 아름다울 줄 알지만 그렇지 않다는 걸 알게 되면 배신감을 느끼지. 심지어 그들의 아름다움은 조작된 것이잖아."

"맞아. 겉은 멀쩡해도 속으로 호박씨 까는 사람 많지."

—《까칠한 재석이가 달라졌다》중에서

스피치 훈련

1. 나는 언어생활의 말하기, 듣기, 쓰기, 읽기 영역에서 어느 부분이
   강하고 어느 부분이 약한지 간단히 메모한 후 거울을 보며 나 자신
   에게 설명해 보자.

   ⇨

   _____

   _____

   _____

   _____

   _____

2. 앞의 예화에서 보듯 아름다움에 대해 다음 사항에 대한 대답을 말
   로 해 보자.

   사람들은 왜 외모에 신경을 쓰는 걸까?

   ⇨

   _____

   _____

외적인 아름다움과 내적인 아름다움은 어떻게 다른 걸까?

⇨

_____

_____

성형을 해서라도 예뻐지는 것이 좋은가?

⇨

_____

_____

3. 부모님이나 친구의 이야기 등 상대방의 말을 끝까지 듣지 않고 실수했던 경험이 있다면 이야기해 보자.

⇨

_____

_____

_____

_____

4. 텔레비전 토론 프로그램을 보면서 말하는 사람의 이야기를 상대방이 어떻게 듣고 대답하는지 관찰하고 특성을 파악해 적어 보자.

⇨

_____

_____

_____

_____

_____

_____

_____

_____

 잘 듣는 건 말하기의 기초지. 귀가 두 개고 입이 하나인 이유는 한 번 말하고 두 번 들으라는 뜻이기도 해.

4
말하기의 목적과 기능

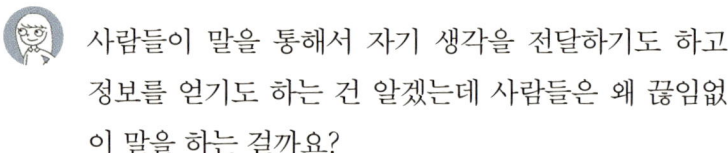 사람들이 말을 통해서 자기 생각을 전달하기도 하고 정보를 얻기도 하는 건 알겠는데 사람들은 왜 끊임없이 말을 하는 걸까요?

말하기에는 목적이 있기 때문이지. 말은 언어를 통해 하게 되는데 그 일차적인 목적이 의사소통이야. 나의 뜻을 다른 사람에게 알리고 다른 사람의 뜻을 내가 받아들이는 것이지.

꼭 말로만 해야 하나요? 다른 방법도 많잖아요.

동작이나 신호도 의사소통에 속하긴 하지. 표정이나 약속된 행동도 모두 의사소통을 위한 것이지만 가장 널리 쓰이는 것은 말하고 듣는 거야. 그리고 말하기는 오직 인간만이 할 수 있는 거지.

 돌고래도 말을 한다던데요?

 돌고래나 지능이 높은 원숭이 같은 동물도 몇 가지 언어를 가지고는 있지. 하지만 인간처럼 복잡하고 다양한 뜻과 의미를 전달할 수는 없어. 인간은 여러 가지 음성을 통해서 많은 뜻을 실어 보낼 수 있거든. 말을 하는 목적에는 다음과 같이 여러 가지가 있단다.

1. 설득하는 말
2. 주장하는 말
3. 정서적인 말

말하기는 인간의 모든 감정과 정서를 다양한 형태와 방법으로 소개하고 전달하는 것이야. 그래서 사회생활을 하며 사람을 만나 친해지고, 정보를 입수하고, 정보 전달을 잘하려면 올바른 말하기를 익히고 배워야 해.

 그러면 말하기의 기능은 뭐예요?

 좋은 질문이야. 말하기의 기능은 크게 네 가지로 구별

할 수 있어.

1. 정보전달과 보존의 기능

어떤 사실이나 정보, 지식에 대해서 말하는 사람이 듣는 사람에게 내용을 알려주는 것이야. "내 생각에 가장 예쁜 연예인은 수지다." 이렇게 말함으로써 이 명제가 상대방에게 지식과 정보가 되어 듣는 사람에게 오래도록 말의 뜻을 남길수 있기 때문이야.

2. 명령이나 지시의 기능

듣는 사람에게 무엇을 시키거나 하도록 하거나 하지 않도록하는 기능이야. "게임 그만하고 책 읽어라." 이렇게 명령하거나 지시하는 방식이지. 또한 듣는 사람이 행동을 하거나하지 않도록 하는 것이지. 이런 말 하기를 잘 지킬 때 사회질서와 규범이 유지된다고 볼 수 있어.

3. 친교적 기능

사람과 사람이 만나서 친해지고 가까워지는 기능이야. 사람들이 처음 만나서 할 말이 없으면 어색하고 불편해하지. 하지만 말을 하기 시작하면 금세 친해지고 매력을 느끼는 건모두 다 말에 친교적 기능이 있기 때문이야.

4. 미학적 기능

말하는 것 자체에 아름다움의 의미를 두고 상대방이 듣기
좋도록 만들기도 해. 문학이야말로 바로 이러한 미학적 기
능을 가장 중요하게 여기지. 시를 낭송한다거나 노래를 부
르는 것이 다 이 미학적 기능에 해당돼.

 미학적 기능의 예로는 뭐가 있어요?

 너희들 좋아하는 랩도 그런 것 중 하나지. 라임을 맞춰
서 표현하면 즐거워지잖아.

**공부하기 싫어하던 재석
아직은 갈지 않은 원석
책 읽고 글을 쓰니 보석
머지않아 성적은 수석**

 요!

아래의 시에 감정을 넣어 낭송해 보자.

산유화

— 김소월

산에는 꽃 피네
꽃이 피네
갈 봄 여름 없이
꽃이 피네

산에
산에
피는 꽃은
저만치 혼자서 피어 있네

산에서 우는 작은 새여
꽃이 좋아
산에서
사노라네

산에는 꽃 지네
꽃이 지네
갈 봄 여름 없이
꽃이 지네

스피치 훈련

1. 정보전달과 보존의 기능에 따라서 아래의 사항들을 간단하게 정리
   하고 타인에게 말해 보자.

   좋아하는 노래
   ⇨
   _____

   우리 학교
   ⇨
   _____

   나의 취미
   ⇨
   _____

   나의 게임 능력
   ⇨
   _____

   가장 감명 깊게 읽은 책
   ⇨
   _____

   좋아하는 작가
   ⇨
   _____

2. 명령이나 지시의 기능으로써 말하기 방법으로 다음과 같은 상황에
서 할 말을 연습해 보자.

담배 피우는 친구에게 금연을 권하는 말
⇨

_____

_____

약한 아이를 괴롭히는 친구에게 해야 할 말
⇨

_____

_____

게임에 빠진 동생에게 해줘야 할 말
⇨

_____

_____

 말하기에 이런 기능과 목적이 있는 건 미처 몰랐지? 지금부터라도 다양한 말하기
기능을 익힌다면 보다 나은 삶이 기다리고 있을 거야. 왜냐고? 요즘은 말솜씨가
좋은 사람에게 더 많은 기회가 주어지거든. 야옹!

2장

무엇을
말해야
하나?

목수가 집을 지으려면 재료와 연장이 있어야 한다. 맨손으로 집을 지을 수는 없는 노릇이기 때문이다. 말을 잘하고 싶어도 우선 무슨 말을 해야 할지 생각해야 한다. 상황에 따라 알맞은 말을 해야 하고, 나의 존재감을 각인시키기 위해서도 무엇을 말하는가에 신경을 써야 한다.

1
칭찬하기

박사님 다큐멘터리 찍을 때 출연자들한테 화면발 잘 받는다고 하면 다들 좋아해요.

하하, 민성이가 칭찬하는 법을 잘 알고 있구나. 상대방을 칭찬하면 대화가 더 잘 이루어지지.

맘에도 없이 칭찬하는 게 뭐가 좋다는 거죠?

칭찬은 고래도 춤추게 한댔어.

나는 칭찬받으면 좋기만 하던데.

하하, 맞아. 남을 칭찬하는 것은 별로 힘들이지 않고 큰 효과를 볼 수 있는 방법 중 하나란다. 대부분의 사람들은 칭찬받는 걸 좋아하거든. 입에 발린 칭찬은 하지 말라고 하지만 칭찬 들으면 기분이 좋아지는 건 인지상정이지.

이성적인 사람이라면 그런 칭찬이 아부라는 걸 알 텐데요.

그렇게 생각할 수도 있지만 칭찬 들으면 기분 좋은 건 사실이잖니? 보담이 너도 예쁘다고 하면 싫지 않잖아?

하긴요.

말은 사람의 심리를 자극함으로써 의견을 전달하는 것인데, 칭찬은 바로 그러한 심리에 정확하게 가서 꽂히는 화살이라 할 수 있지. 칭찬에 대해 이야기해 볼까?

좋아요.

칭찬할 때 가장 중요한 것은 솔직해야 한다는 거야.

솔직해야 한다고요?

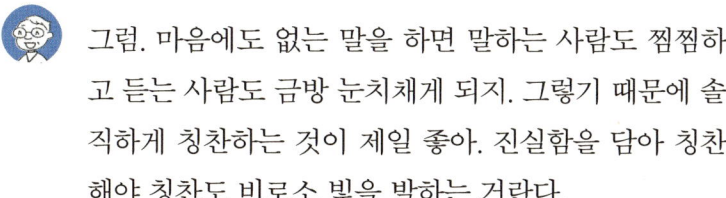

그럼. 마음에도 없는 말을 하면 말하는 사람도 찜찜하고 듣는 사람도 금방 눈치채게 되지. 그렇기 때문에 솔직하게 칭찬하는 것이 제일 좋아. 진실함을 담아 칭찬해야 칭찬도 비로소 빛을 발하는 거란다.

대놓고 예쁘다고 하거나 잘 생겼다고 해야 하나요? 전 주로 겉모습만 칭찬하게 돼요!

그렇진 않아. 성격이나 그 사람의 심리 상태를 파악해서 그 사람이 들으면 좋아할 만한 말을 해 주는 것이 좋단다. 그 사람이 간절히 원하는 것을 지지해 주는 게 칭찬이야. 그럼으로써 관심도 끌고, 동질감을 얻어 공감대가 형성될 수 있지.

저는 제가 입고 있는 옷이 예쁘다고만 해도 기분이 좋아요.

하하, 그래. 칭찬은 그 사람에 대해 직접 하는 것도 있지만 간접적으로 다른 물건을 통해 할 수도 있지. 개를 키우고 있는 사람에게 참 좋은 개라고 칭찬하거나, 여자라면 복장이나 액세서리가 예쁘다고 할 수 있고, 집을 바꾼 사람이라면 인테리어가 참 훌륭하다고 칭찬하는 것도 좋은 방법이지.

 저는 제 카메라 멋있다고 하면 되게 기분 좋던데 그게 바로 이런 거군요.

 맞아. 칭찬은 기법이 정말 다양한데 좀 더 고급스럽게 칭찬하는 법은 그 사람이 없을 때 칭찬하는 거야.

 상대방이 없을 때 칭찬한다고요?

 그렇지. 제삼자에게 칭찬하는 거지. 예를 들면 보담이에게 다른 아이가 와서 향금이가 정말 마음씨 착하고 성격이 좋다고 하면 그 이야기가 보담이를 통해 향금이에게 전달되겠지? 그렇게 간접적인 칭찬을 했을 때야말로 가장 좋은 효과가 나타나는 법이지.

 하지만 빈정대며 칭찬하는 경우도 있어요. 어떤 애가 저한테 "너 참 주먹 잘 쓰더라" 하고 말하는데 표정은 깔보는 표정이었거든요.

 하하하, 좋은 지적이야. 칭찬할 때는 진정성을 가지고 해야 해. 속마음은 다르게 먹고 칭찬하는 것은 옳지 않

아. 입에 발린 칭찬은 아부나 아첨이야. 《삼국지》 같은 데 나오는 간신들이 그런 말을 많이 하지. 진실된 칭찬만이 사람을 감동시키는 거란다.

 칭찬은 어려운 일을 풀게 하는 열쇠군요.

 그렇지. 칭찬은 어떤 상황에서든지 통한단다. 입에 발린 칭찬만 하지 않으면 사람들과 금방 친하게 지낼 수 있고, 원하는 것도 빨리 이룰 수 있지.

  아, 정말 그렇겠네요.

 칭찬을 입에 달고 사는 사람은 성공할 수 있어. 그러니 자주 칭찬하도록 해. 상대방의 아주 사소한 일도 그것이 옳고 잘한 일이라면 아낌없이 칭찬하는 것은 좋은 거야. 하지만 칭찬할 만한 가치가 있는 행위에 대해서만 칭찬해야 해. 모든 걸 다 칭찬하면 상대방을 교만하게 만들거나 칭찬의 효과 또한 없어지기 때문이지. 칭찬이라는 것은 상대방에게 좀 더 열심히 노력하고 좋은 결과를 많이 만들어 내라는 의미에서 하기 때문에 파급 효과가 생길 수 있도록 적절하게 해야 해.

"네 작품에는 캐릭터가 없어. 이걸 작품이라고 쓴 거야?"

미국 위스콘신 대학에는 작품을 써오면 신랄하게 비판하는 문학동아리 모임이 있었다. 정기적으로 모여서 각자가 써 온 소설이며 시를 읽고 둘러앉아 가차 없이 결점들을 지적하는 것이다. 이러한 지적이 창작에 도움이 된다고 여겼기 때문이다.

"어머, 너무 재미있어서 밤새 읽었지 뭐야."

여학생들이 중심이 된 또 다른 문학동아리에서는 각자 써 온 작품에 대한 비판은 하지 말고 좋은 부분만 칭찬하는 것을 원칙으로 했다.

한참 뒤 그 문학동아리의 여학생들은 대부분 훌륭한 작가가 되었다. 하지만 위스콘신 대학의 문학청년 가운데는 이렇다 할 작가가 한 명도 나오지 못했다.

세상에는 완벽한 사람이 없기에 칭찬으로 자신감을 키워 주고 북돋워 주어야 좋은 성과를 낼 수 있다.

1. 다음 격언이 무슨 뜻인지 생각해 보고 조리 있게 설명해 보자.

   다른 사람의 장점을 발견할 줄 알아야 한다. 그리고 남을 칭찬할 줄도 알아야 한다. 그것은 남을 자기와 동등한 인격으로 생각한다는 것이다. ― 괴테

   ⇨

   _____

   _____

   _____

   대개 사람들은 남을 칭찬하려 하지 않는다. 자신에게 이익이 되지 않는 일에 대해서는 결코 아무도 칭찬하려 하지 않는다. 찬사는 교묘하고도 은밀하면서도 미묘한 아첨이기 때문에 그것을 주는 자와 받는 자를 모두 만족시킨다. 어떤 사람은 칭찬을 자신의 재능의 대가로서 받아들이고, 어떤 사람은 자기의 공정성과 식별력을 나타내기 위해서 쓴다. ― 라 로슈푸코

   ⇨

   _____

   _____

   _____

2. 갑자기 배탈이 나서 집에 가야 하는데 친구가 부축해 주었다. 친구의 행동을 구체적으로 칭찬해 보자.

⇨ _____

_____

_____

_____

3. 열심히 공부해 성적을 올린 친구에게 그 과정을 예로 들어 조목조목 칭찬해 주자.

⇨ _____

_____

_____

_____

4. 백일장에 나가서 상 받은 친구를 칭찬해 주자. 백일장에서 받은 상 내용을 가지고 구체적으로 칭찬해 보도록 하자.

⇨

_____

_____

_____

_____

5. 나의 장점을 적어 보고 나 자신을 칭찬해 보자. 이왕이면 열심히 노력한 부분을 칭찬하도록 하자.

⇨

_____

_____

_____

 칭찬은 고래도 춤추게 한다지만 프로의 세계에서는 칭찬이 필요 없어. 프로야구 감독들은 선수들이 경기를 잘해도 칭찬을 잘 안 해. 프로에게 칭찬은 곧 연봉이거든. 그래도 팬들의 응원에 힘입어 실력이 부족했던 선수가 성적이 좋아지는 걸 보면 역시 칭찬의 힘은 놀라워!

2
부탁하기

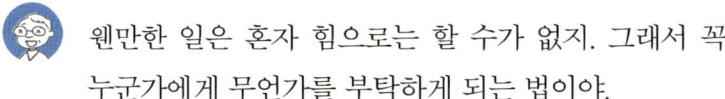 웬만한 일은 혼자 힘으로는 할 수가 없지. 그래서 꼭 누군가에게 무언가를 부탁하게 되는 법이야.

박사님. 얼마 전에 제가 쓴 글을 우리 반에서 글을 제일 잘 쓰는 병조한테 좀 봐 달라고 했는데 녀석이 안 봐 줬어요.

어떻게 말했는데?

병조야, 이거 좀 봐라.

하하하! 그렇게 말하면 누가 부탁을 들어주겠냐?

나도 그렇게 말하면 안 봐 줄 거 같아.

부탁은 정중하게 해야지.

 우리가 사는 사회는 개인의 욕망과 욕망이 조화를 이루면서 만들어진단다. 그렇기 때문에 모든 것들은 긴밀하게 얽혀 있어. 가족과의 관계, 학교에서의 관계, 물건을 사고팔 때, 일할 때⋯⋯. 다시 말해서 혼자 할수 있는 일이 별로 없다는 거야. 누군가가 도와주고 서로의 도움을 받아야 관계가 원만해지지.

 남에게 도움을 받는 건 독립적이지 않은 것 아니에요?

 남에게 도움을 청하는 게 어찌 보면 의존적으로 보일지도 몰라. 하지만 그건 자기가 조금도 노력하지 않고 남의 도움만 바랄 때 그런 거지. 스스로 열심히 노력하고 도저히 할 수 없을 때는 다른 사람의 도움이 필요한 법이야. 그럴 때는 부탁하는 말을 할 수밖에 없게되지. 내가 부탁하면 부탁받는 사람은 번거로워지지. 귀찮다고 생각할 수도 있어. 그러니 부탁하는 건 어려운 일이야. 하지만 그런 생각을 바꿔야 해.

 저는 친구 부탁을 들어주면 기분이 좋아지던데요!

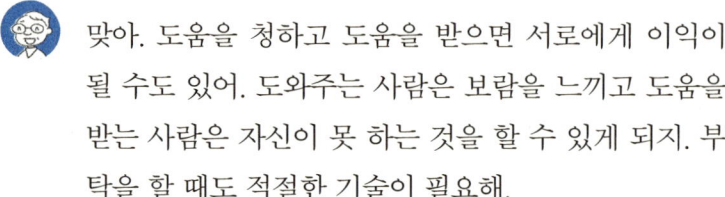

맞아. 도움을 청하고 도움을 받으면 서로에게 이익이 될 수도 있어. 도와주는 사람은 보람을 느끼고 도움을 받는 사람은 자신이 못 하는 것을 할 수 있게 되지. 부탁을 할 때도 적절한 기술이 필요해.

어떤 기술이 필요하죠?

먼저 간절한 마음으로 원해야지. 정말 도움이 필요하다면 말이야. 그리고 도움을 주는 사람도 부탁을 들어 줄 마음이 있어야 해. 부탁받고 뭔가를 해주는 것은 결코 쉬운 일이 아니야. 전화를 걸어 주거나 병조처럼 너의 글을 읽어 주려면 자신의 시간을 들여야 하잖니? 그렇기 때문에 부탁하는 사람은 상대가 기꺼이 나를 도와줄 마음이 들도록 성심을 다해야 하는 거야.

《삼국지》에도 나와요. 삼고초려(三顧草廬)라고.

맞아. 천하를 얻고 싶어 한 유비(劉備)가 제갈량(諸葛亮)을 자기 사람으로 만들기 위해 세 번이나 찾아가지.

부탁하기 위해선 어떤 마음의 자세를 가져야 하나요?

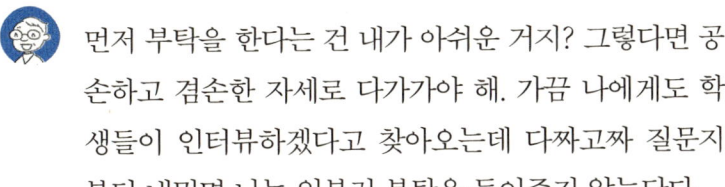 먼저 부탁을 한다는 건 내가 아쉬운 거지? 그렇다면 공손하고 겸손한 자세로 다가가야 해. 가끔 나에게도 학생들이 인터뷰하겠다고 찾아오는데 다짜고짜 질문지부터 내밀면 나는 일부러 부탁을 들어주지 않는단다.

그러면 아이들이 섭섭해할 텐데요.

부탁한다는 건 자기에게 약점이 있는 거니까 상대방에게 최대한 겸손하게 예의를 갖춰야지. 그리고 정중하게 요청해야 한단다.

요청할 때 유의할 점은요?

부탁을 들어주는 사람 역시 쉽지 않은 일이기 때문에 어려운 일을 해 주는 것에 고마움을 표시하고 다음엔 자신도 꼭 도움을 주겠다고 얘기한다면 아주 좋지.

만약 계속 거절당하면 어떻게 하죠?

거절당하는 건 당연해. 상대방 처지에서는 도움을 못 줄 수도 있으니까. 하지만 이럴 때 더 잘해야 해. 거절당해도 겸손함을 잃지 않고 감사해 하며 물러날 줄 알아야 한단다. 그래야 다음에 또 부탁했을 때 들어줄 확률이 높아지거든.

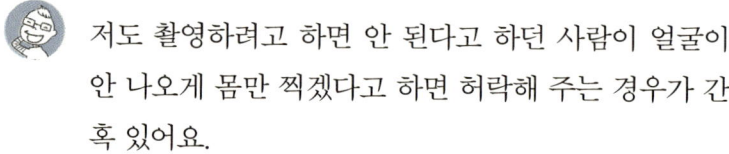

저도 촬영하려고 하면 안 된다고 하던 사람이 얼굴이 안 나오게 몸만 찍겠다고 하면 허락해 주는 경우가 간혹 있어요.

민성이가 좋은 방법을 알고 있구나. 부탁했을 때 거절당하면 더 작은 일을 부탁하는 것도 좋은 방법이야. 그럼 재석이 너는 병조에게 어떻게 부탁해야 하겠니?

아, 먼저 짧은 글을 하나 봐 달라고 하고 그다음에 좀 더 긴 거를 부탁했어야 했네요.

그래. 다짜고짜 A4 용지 20장짜리를 들고 가 봐 달라고 했으니 병조가 거절하는 건 당연하지.

하하하! 부탁도 상대가 들어줄 수 있는 것부터 단계적으로 부탁하는 지혜가 필요해. 물론 그때마다 감사 인사 하는 거 절대 잊지 말고.

표현도 중요하죠?

대개 부탁은 부드럽고 예의를 갖춰서 해야 하지. 중요한 건 어떻게 상대방에게서 내가 원하는 것을 할 수 있도록 만드느냐야. 다음과 같은 명령을 부탁하는 어조로 바꿔 볼까?

"모두 한 사람도 빠짐없이 참가해라."

 될 수 있는 한 많이 오기 바란다.

 좋아. 그렇지만 그것도 약간은 명령조지. 나라면 이렇게 하겠어.

"모임에 모두 참가할 수 있도록 약속들을 조정해줬으면 좋겠다."

이렇게 말하면 '아, 약속을 조정해서 가고 안 가고는 내 마음이다'라는 느낌이 들게 하지.

 "이 프로젝트는 우리 조원이 할 거야." 이건 어때요?

 "이 프로젝트는 우리 조원들이 호흡을 맞춰서 하면 어떨까?" 이렇게 부탁하는 거지.

동생이 말 안들을 땐 어떻게 해요? "숙제해!" 이건요.

 숙제를 하려다가도 그런 말을 들으면 하고 싶은 마음이 없어지지 않겠니. 그럴 때는 "공부 다 하면 게임 1시간 시켜줄게"라든가 부탁하는 스타일로 말을 하는 게 좋지. 권위적으로 군림하는 것은 좋지 않아. 내가 명령할 수 있는 입장이라 하더라도 의식적으로라도 상대방에게 부탁하는 말투로 말하는 게 좋아.

 나에게 부탁하는 사람에게도요?

 내가 강연에 나갈 때면 학교 선생님들이 뭘 준비하면 좋으냐고 물어보곤 하지. 그럴 때 "빔프로젝터와 노트북을 준비해 주십시오"라고 말하는 것보다는 "학생들에게 화면 자료를 보여 주어야 하는데 빔프로젝터랑 노트북을 설치해 주실 수 있습니까?" 이렇게 물어보면 선생님들은 백발백중 "당연하죠." "그럼요." 이렇게 대답한단다. 같은 말이라도 자기가 선택해서 능동적으로 도와줄 수 있게 만드는 힘이 바로 부탁이야. 명령보다는 부탁, 이게 요즘 시대에 맞는 말하기 기술이지.

낙타와 주인이 사막을 여행하고 있었다. 사막은 밤이 되면 무척 추운 곳이라 천막을 치고 안에서 잠을 자는 주인에게 낙타가 간절히 청했다.

"주인님. 바깥이 너무 춥습니다. 제발 저에게 자비를 베풀어 주십시오. 제 코가 시려워서 떨어져 나갈 것 같습니다. 텐트 안에 코만 집어넣게 해주시면 내일은 더 열심히 봉사하겠습니다."

주인은 낙타가 너무나 불쌍했다. 그래서 자기를 위해 애쓰는 낙타에게 그 정도는 해줘도 괜찮겠다고 생각했다.

"집어넣도록 해라."

코를 집어넣은 낙타는 조금 뒤에 다시 말했다.

"주인님 머리와 목이 너무 시려워요. 머리와 목까지만 넣으면 안 될까요?"

생각해보니 코만 집어넣으라고 한 건 너무 야박한 듯싶었다. 주인은 다시 그러라고 했다. 잠시 후 낙타는 또 부탁했다.

"주인님. 앞다리도 넣고 싶음. 넣게 해주삼."

천막에 공간이 많이 남아 있어 주인은 그러라고 했다. 잠시 뒤 낙타는 또 부탁했다.

"엉덩이와 다리가 너무 시리네. 좀 넣어도 되지 않나?"

마침내 낙타는 몸통까지 천막 안에 집어넣을 수 있었다.

주인은 낙타가 자리를 전부 차지하자 한쪽 구석에 웅크리고 있을 수밖에 없었다.

잠시 후 낙타가 말했다

"너 땜에 너무 걸리적거린다. 좀 나가 있어라."

마침내 주인은 천막 밖으로 쫓겨나고 말았다.

낙타가 부탁하는 방법이 참으로 지혜롭다. 작은 것부터 하나하나 부탁하는 방법을 쓰고 있고, 상황이 조금씩 좋아지니 말투도 슬슬 바뀌는 게 재미있다. 게다가 간곡하게 부탁하는 말솜씨 덕분에 주인으로서는 거절하기가 쉽지 않았다. 그렇지만 상대의 부탁을 무조건 들어주는 게 꼭 옳은 것만이 아니라는 사실을 이 예화를 통해 배울 수 있다.

1. 다음과 같은 상황에서 부탁하는 말을 연습해 보자.

목이 너무 말라 길가에 있는 가게에 들어가서 물 한 잔 얻어먹고 싶을 때

⇨

_____

_____

내가 그린 그림을 우리 반에서 그림 제일 잘 그리는 친구한테 봐 달라고 할 때

⇨

_____

_____

아빠에게 용돈이 더 필요하다고 말할 때

⇨

_____

엄마에게 삼계탕을 끓여달라고 할 때

⇨

_____

2. 명령조의 말을 들었을 때와 부탁받았을 때 듣는 사람 입장에서 어
   떤 기분을 느꼈는지 차이를 말해 보자.

   ⇨

   _____

   _____

   _____

3. 우리 학교에 다니는 불우한 아이가 교통사고로 입원했다. 모금을
   하려고 하는데 전교생들에게 뭐라고 부탁할 것인지 말해 보자. 이
   때 나도 그들에게 뭔가 보상하겠다는 의미를 담아 부탁해 보자.

   ⇨

   _____

   _____

   _____

 부탁하는 사람은 언제든 남의 부탁도 들어줄 마음이 있어야 해. 그렇게 남의 부탁
을 잘 들어주고 다른 사람에게 잘 부탁하는 사람을 우리는 사회성이 좋다고 말하지.

3
선의의 거짓말

 시한부 인생을 살던 환자가 창밖을 내다보았어. 거기에는 담쟁이덩굴이 붙어 있었는데 한 잎 두 잎 떨어지자 여자는 저 담쟁이 잎사귀가 다 떨어지면 자기도 죽을 거라고 생각했어.

 박사님, 그 내용 너무 뻔해요. 그래서 어떤 화가가 담쟁이덩굴에 나뭇잎을 그려 넣었다는 이야기잖아요.

 하하하! 너희들 벌써 눈치챘구나.

 그 이야기는 뜬금없이 왜 하시는 거예요?

 오늘은 너희들에게 선의의 거짓말에 대해 얘기하려고 해.

거짓말은 나쁜 거 아닌가요.

 꼭 그렇지만은 않단다. 다음과 같은 경우 사람들은 거
짓말을 하게 되지.

1. 거짓말이 꼭 필요할 때
2. 옳고 그름을 상대방에게 기탄없이 바로 말하기 어려
   울 때
3. 누군가에게 피해를 주지 않고 원하는 말을 해 주어야
   할 때

 전 항금이 때문에 선의의 거짓말을 자주 하게 돼요.

 뭐? 내가 어쨌다고?

 저번에 네가 새 옷을 입고 와서 어떠냐고 물었잖아?
그때 솔직히 너한테 안 어울렸거든. 하지만 네가 듣기
좋으라고 잘 어울린다고 했던 거야.

 뭐? 이제 와서 그런 말을 하는 의도가 뭐야?

 하하하! 맞아. 어린애들은 혼나지 않으려고 거짓말을

하고, 어른들도 수많은 이유로 거짓말을 하곤 한단다. 거짓말을 하지 않는 사람은 아마 한 사람도 없을걸. 하지만 그 가운데는 선의의 거짓말도 있지. 여자들이 새 옷을 입거나 머리를 하면 남자들은 무조건 예쁘다거나 아름답다고 말해 줘야 해. 설령 그것이 거짓말이어도 여자들은 그런 말을 들어야 좋아하거든. 그건 어찌 보면 배려라고 할 수 있지.

 선의의 거짓말에도 요령이 있을까요?

 당연하지. 우선은 입에 발린 말을 반복해서는 곤란해. 상대방이 거짓말이라는 걸 곧 알게 되니까.

 그리고 너무 과장해서 말을 해도 거짓말 같아요.

 맞아 선의의 거짓말이라 해도 지나치게 과장하면 곤란해.

 하지만 댄스 동아리 후배가 춤추고 노래하면서 어떠냐고 물어봤을 때 제 생각 그대로 말했더니 상처 입더라고요.

그럴 때 선의의 거짓말이 필요하지. 어차피 취미로 추는 춤이잖아. 잘 춘다고 칭찬해 주면 좋아하겠지.

 주의할 점은 없을까요?

 돈과 관련된 것이거나 사람의 생명과 관련된 중요한 사안에 대해서는 절대 거짓말을 해선 안 돼. 사소하고 삶에 지장이 없는 부분에 한해서는 선의의 거짓말을 해도 괜찮지만. 내 딸이 초등학교 때 연구수업을 했는데 말썽꾸러기 같은 반 아이 엄마가 우리 딸에게 자기 아들이 학교에서 어떠냐고 물은 적이 있어. 뭐라고 대답해야 할까?

 있는 그대로 말해야죠.

 아니야. 그러면 엄마가 기분 나쁘잖아.

 맞아. 그런데 우리 딸은 있는 그대로 그 녀석이 장난꾸러기에다가 말썽 피우고 수업시간에도 선생님께 지적을 많이 받는다고 말해 버린 거야. 그 아이 엄마는 얼굴이 완전히 굳어버렸대. 그런 상황에서는 그냥 "열심히 해요"라고 한마디만 했으면 모두 다 행복했을 텐데.

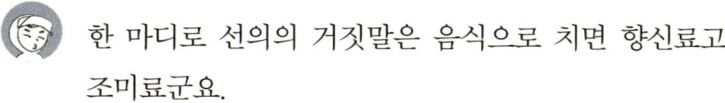 한 마디로 선의의 거짓말은 음식으로 치면 향신료고 조미료군요.

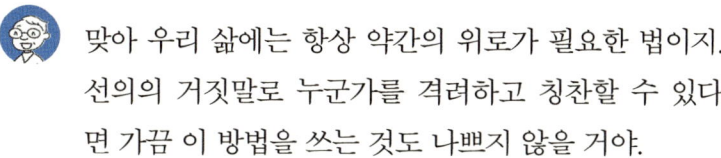 맞아 우리 삶에는 항상 약간의 위로가 필요한 법이지. 선의의 거짓말로 누군가를 격려하고 칭찬할 수 있다 면 가끔 이 방법을 쓰는 것도 나쁘지 않을 거야.

　　강원도 속초경찰서는 20일 오전 설악산 관광 중에 가이드 홍 모 씨(36, 여행업)의 설명을 듣다가 중요 지방문화재 37호 '흔들바위'를 밀어 떨어지게 한 관광객 제럴드 씨(42, 미국인) 등 일행 6명에 대해 문화재 훼손 혐의와 문화재 보호법 위반 혐의로 구속영장을 신청했다.

　　이들은 이날 새벽 5시 일출 관광을 마친 뒤 흔들바위 관광을 하면서 "이 바위는 아무리 흔들어도 흔들리기만 할 뿐 떨어지지는 않는다"라는 가이드 홍 모 씨의 말에 따라 평균 체중 93킬로그램인 거구 6명이 힘껏 민 끝에 바위를 추락시킨 것이다. 그러나 이들은 경찰에게 "가이드의 말이 말도 안 되는 소리라 생각해 밀어본 것일 뿐 다른 의도는 없었다"라며 범행의 고의성을 완강히 부인했다. 이에 따라 소식을 전해 들은 문화관광부와 강원도청은 대책 마련에 애쓰고 있다.

　　한편 근처에 관광 중이던 일부 목격자들의 증언에 따르면 '흔들바위'는 추락 시 엄청난 굉음을 냈던 것으로 알려졌다. 목격자 고 모 씨(37, 동화작가)에 따르면 흔들바위가 떨어질 때 "뻥!이요~" 하는 소리가 울려 퍼졌다고 한다.

어느 4월 1일 만우절 날 인터넷에 올라와 온 국민을 유쾌하게 만든 콩트다.

스피치 훈련

1. 다음 거짓말에 대한 격언이 무슨 뜻인지 설명해 보자.

   거짓말도 자주 하면 버릇 된다.

   ⇨

   _____

   _____

   거짓말 잘하는 놈은 참말을 해도 거짓말로 안다.

   ⇨

   _____

   _____

   진담이든 농담이든 거짓말을 하지 말라. 농담으로라도 거짓말을
   하는 습관을 들여서는 안 된다. 그런 습관이 발전하면 진담으로도
   거짓말을 하게 되기 때문이다.

   ⇨

   _____

   _____

   _____

2. 다음 상황에서 선의의 거짓말을 해 보자.

친구가 새 신발을 신고 와서 어떠냐고 물을 때

⇨

_____

_____

부부싸움으로 냉전 중인 엄마 아빠를 화해시키기 위해 거짓말이
필요할 때

⇨

_____

_____

동생이 성적이 나빠 부모님께 야단맞았을 때

⇨

_____

운동을 잘 못 하지만 열심히 노력하는 친구에게

⇨

_____

 진실만을 말하면서 살 수 있으면 좋지만 그렇지 못할 때는 선의의 거짓말이라도
해야 하는 거야. 하지만 습관이 되지 않도록 주의해야 해.

4
설득하기

박사님 저는 누군가를 설득한다는 게 뭔지 모르겠어요. 웬만하면 아이들이 제 눈치를 보고 알아서 하니까 원하는 걸 쉽게 얻을 수 있거든요.

겁을 주는 건 설득이 아니지. 설득은 누군가를 내 뜻에 따르도록 깨우치게 하는 거야. 설득의 대상은 이 세상 전부라고 할 수 있어.

하긴 선생님도 설득이 필요할 때가 있고 부모님, 동생, 친구, 하물며 가게주인까지도 설득이 필요한 대상이네요.

맞아 설득은 우리 생활에서 엄청나게 많이, 또 자주 쓰이는 말하기란다. 내 이야기를 듣는 상대방을 이해시키는 것을 설득한다고 해.

1. 자신의 의견이나 생각에 상대가 찬성하게 하기
2. 자신의 생각을 지지하도록 하기
3. 상대방이 적극적으로 반대하지 않도록 하기
4. 자신이 뜻하는 행동이나 동작을 상대가 하도록 하기

이 모든 게 설득에 해당하지. 다시 말해 자신의 지식이나 정보를 이용해 상대에게 이해시키는 것이라 할 수 있어. 설득에는 몇 가지 기술이 필요하단다.

 위협하는 건 설득이 아니라면서요.

 위협은 설득이 아니지만 만일 내 말을 듣지 않으면 어떤 문제가 발생하는지 밝히는 건 좋은 설득의 기술이라고 할 수 있지. 상대방이 내 말을 듣고 문제가 생기면 안 되겠다고 여겨 따르게 할 수 있거든. 한마디로 선의의 협박이 필요할 때도 있지. 상대방을 겁먹게 하는 것이 유용할 때도 있어.

 그래도 기본적으로 겸손하게 말해야 할 것 같아요.

그래. 설득에 있어 기본은 바로 상대방에게 겸손하게 다가가는 거야. 그러면서 자신이 하고 싶은 얘기를 하는 거지. 또한 겸손하게 얘기하면서 상대방에게도 이익이 생긴다는 점을 부각시키는 거지. 이익 앞에서는 어떤 사람도 움직이거든. 이로우면 따르게 되어 있고, 설득을 통해 나만 이익을 얻는 것이 아니라 상대도 이익이 생긴다는 걸 알려 줘야 해.

 우리 엄마는 용돈을 한꺼번에 많이 달라면 안 주지만 만 원씩 나눠서 달라면 잘 줘요.

 향금이가 설득의 기법을 잘 아는구나. 한꺼번에 큰 것을 얻기는 어려워. 그럴 때는 먼저 작은 것부터 설득시키고 점차 큰 것을 목표로 하는 것도 방법이지.

 우리 엄마는 오히려 이것저것 자잘하게 해달라고 하면 싫어해요. 한꺼번에 통 크게 설득하는 게 나아요.

 하하 그건 또 다른 설득의 기술이야. 먼저 큰 것을 요구하고 작은 것으로 옮겨 가는 거지. 예를 들면 "부모가 자식이 꿈을 이룰 수 있도록 도와주어야 되지 않아요?"라고 말해 부모님이 설득되어 고개를 끄덕이면 그

다음에는 "책 좀 사주세요." 이렇게 말하는 거지. 꿈이라는 커다란 전제 조건을 건 후 책이라는 작은 요구사항으로 줄여 설득하는 거야.

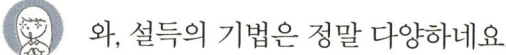 와, 설득의 기법은 정말 다양하네요.

하지만 가장 중요한 것은 설득하려면 우선 소통해야 한다는 거야. 함께 겪었던 경험을 통해서 더 친해지고 더 가까워지면 공감대가 형성되면서 사람들을 좀 더 쉽게 설득할 수 있지.

아하, 그래서 소통이 없으면 고통이 따른다고 하는 거군요.

설득도 결국은 말로 하는 것이기 때문이야. 무조건 자기주장만 한다고 상대방이 내 의견을 따라주는 건 절대 아니거든. 남을 설득하려면 먼저 내가 주장하는 것에 대해 믿음을 가져야 할 뿐만 아니라 주장의 근거를 댈 수 있어야 해. 그러려면 논리적이고 합리적이어야 해.

논리가 나오면 어려워요.

논리적이거나 합리적이라는 의미는 이치에 합당한 말을 한다는 뜻이야. 예를 들면 여성혐오 사건이 터졌다고 "남자들은 다 범죄자다"라고 말하면 안 되는 것과 같은 이치지. 그렇게 말하면 누구도 설득할 수 없어.

 지식과 정보를 제시하는 건 어때요?

 아주 좋은 방법이야. 꼭 필요한 지식과 쓸모 있는 정보를 분석해서 제시하면 설득하기가 아주 쉽지. 예를 들어 스마트폰을 팔려는 사람이 스마트 폰의 다양한 기능을 보여주면서 설명해 주면 사람들이 스마트폰을 사게 될 확률이 높아지듯이 말이야.

 사람들은 지식과 정보에 약한가요?

 말은 상대방을 관찰하면서 할 수 있는 거잖아. 상대의 반응을 보면서 그때그때 적절한 정보를 제공해 주고 이야기를 듣는 사람은 지식을 전달받게 되는 거야. 그렇기 때문에 말하는 사람은 항상 자신이 옳다고 믿고 있는 지식을 성실하게 알려줘야만 해.

 논리적으로 설득하려면 근거를 대라고 해서 골치 아파요.

근거를 들어서 의견을 제시하는 것은 정말 중요한 말하기 기법이야. 여기에도 몇 가지 방법이 있어.

1. 통계 자료를 인용한다. 정확한 숫자나 비율을 들어 말할 수 있어야 한다.
2. 언론 자료를 인용한다. 신문이나 방송은 대개 진실을 보도한다는 믿음이 있기에 유용하다.
3. 전문가의 말이나 글을 인용하는 것이 좋다.
4. 적절한 격언이나 속담을 인용하는 것도 좋다.
5. 타당한 예를 들어 상대방의 이해를 돕는다.

상대방을 설득하기 위해선 적절한 근거를 대야만 가능해진단다.

"아 정말 군대 가기 싫어."

친구가 군대 가는 걸 마치 죽으러 가는 것처럼 생각했다.

"왜 군대 가는 게 싫은데?"

"전쟁 날까 봐 두려워. 그리고 2년간 아무것도 못 하면서 죽도록 고생해야 하잖아."

나는 친구를 설득해야겠다고 생각했다. 가장 좋은 방법은 녀석이 존경하는 위인 이야기를 하는 거였다.

"미국의 케네디 대통령이 뭐라고 했는지 알아?"

"몰라."

"케네디는 국민에게 이렇게 호소했어. '국민 여러분, 조국이 여러분을 위해 무엇을 할 수 있는지 묻지 말고 여러분이 조국을 위해 무엇을 할 수 있는지 물으십시오.'"

"그게 무슨 뜻이야?"

"국가에 자신의 권리를 요구하기 전에 먼저 의무를 다하라는 거지. 그래야 국가에 자신의 목소리를 높여 당당하게 말할 수 있거든. 군대를 다녀오지 않고 나라가 주는 혜택을 받겠다는 게 과연 정의로운 걸까?"

"할 말이 없네. 알았어. 즐거운 마음으로 군대 다녀올게. 가서 체력도 열심히 기르고 시간 날 때마다 책도 읽고 그래야겠어."

1. 통계 자료를 가지고 게임광인 친구에게 게임의 폐해를 설득해 보자.

   ⇨

   _____

   _____

   _____

2. 야간 자율학습을 빼먹고 이성 친구를 만나러 가려는 친구를 설득
   해 보자.

   ⇨

   _____

   _____

   _____

3. 일회용품 사용을 줄이자는 의견을 친구에게 말해 보자.

   ⇨

   _____

   _____

   _____

4. 다음 상황에서 적극적인 반대가 없도록 친구들을 설득해 보자.

만화영화를 보고 있는 동생에게 국가대표 축구 경기를 볼 수 있도록 채널을 돌리게 만들어 보자.

⇨

_____

_____

_____

도서관에 가고 싶은데 친구는 자꾸 피시방을 가자고 한다. 적절한 격언을 이용해 설득해 보자.

⇨

_____

_____

_____

_____

 설득을 잘하는 사람은 먹고사는 건 걱정 없을 거야. 물건을 파는 영업이 바로 설득이기 때문이지. 말하기 가운데 가장 영양가 있는 게 설득하기라고.

5
거절하기

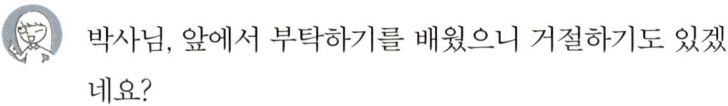 박사님, 앞에서 부탁하기를 배웠으니 거절하기도 있겠네요?

당연하지. 모순이라는 말도 있잖니? 세상에서 가장 잘 찌르는 창과 가장 잘 막는 방패가 있는데 어느 게 이기느냐? 이게 모순이잖아. 부탁하는 방법이 있으면 거절하는 방법도 있는 건 당연하지.

거절하는 데도 방법이 있나요?

거절의 기술이야말로 예술이지.

애들이 뭘 부탁하면 "안 해!" 해 버리면 끝나던데요.

다시는 말 붙이지 못하도록 단번에 거절해 버리는 건 위험해. 나중에 두고두고 원수가 되거든. 거절을 지혜롭게 잘하는 사람에게는 적이 없는 법이지. 그리고 기분 나쁘지 않게 거절할 수 있다면 그 사람과 좋은 관계를 계속 유지할 수 있단다. 요령 있게 거절하는 것도 사회생활을 잘하는 방법 중 하나야.

 저도 센스 있게 거절하지 못하는 편이에요.

 거절을 잘한다면 그 사람은 언어의 예술가라고 할 수 있어. 거절을 못 해서 모든 부탁을 들어주면 심약하다는 소리를 듣거나 만만한 사람이 되고 말아.

 하지만 도와주는 건 기쁜 일 아닌가요? 도울 수 있을 때 도와줘야죠.

 그래서 다들 거절하지 못하고 힘든 일에 나섰다가 피해를 보곤 하지. 할 수 없는 건 싫다고 분명히 얘기하고 거절하는 게 정말 중요해. 다음과 같은 거절 방법들이 있단다.

1. 대답 미루기

생각해보겠다거나 며칠 뒤에 답을 주겠다고 하면 상황이 바뀌어 거절하지 않고도 해결되는 경우가 있다.

2. 입 다물기

거절이나 승낙 모두 다 곤란할 경우에는 대답하지 않는 것도 방법이다. 상대방이 부탁할 때 대답하지 않고 있으면 상대방이 알아서 거절로 해석하기 때문에 큰 어려움 없이 거절할 수 있다.

3. 다른 화제로 전환하기

부탁하는 상황이 벌어질 때 말을 바꾸는 것도 방법이다. 그러면 상대방은 부탁을 들어주기 어렵다는 걸 알고 눈치껏 물러난다.

4. 설명하기

때에 따라서는 진솔하게 거절할 수밖에 없는 자신의 상황을 이야기하는 것도 좋은 방법이다.

 그런 방법들이 있군요. 어른들이 생각해 보겠다, 고려해 보겠다는 말은 사실 거절이었군요.

그렇지. 하지만 거절할 때도 조심해야 할 부분이 있단다.

1. 거만하게 거절하지 않는다.
2. 냉정하게 거절하지 않는다.
3. 화내지 않는다.
4. 너무 가볍게 거절하지 않는다.
5. 너무 빨리 거절하지 않는다.
6. 내 입장만 생각해서 거절해서는 안 된다.
7. 거절해서 미안하다는 유감의 뜻을 반드시 표현한다.
8. 다음 기회에 다른 사안으로 부탁하면 도와주겠다는 뜻을 전달한다.

김연아 선수의 뛰어난 실력은 브라이언 오서의 마음을 흔들었다. 그의 마음을 눈치챈 김연아 선수의 어머니가 정중하게 오서에게 부탁했다.

"우리 연아의 코치가 되어 주세요."

그러나 오서는 이 제안을 거절할 수밖에 없었다.

"죄송합니다. 저는 아직 코치를 직업으로 생각하고 있지 않아서요. 아직 현역으로 뛰고 있어서 아이스쇼도 해야 하고, 공연도 많이 잡혀 있답니다. 연아의 코치가 되려면 연아에게 모든 걸 집중해야 하는데 제 형편이 그렇지 못하네요."

"그럼 상황이 바뀌면 꼭 우리 연아의 코치가 되어 주세요."

이 말만 남기고 연아의 어머니는 돌아설 수밖에 없었다. 그러나 오서는 은퇴 후 지도자의 길로 들어서게 되었고 연아와 함께 올림픽 금메달을 일구어내었다.

1. 다음과 같은 상황에서 다양한 방법을 활용하여 거절의 말로 써 보고 말하기 연습을 해 보자.

   급해서 그러는데 이번 시험에 나올 문제 열 개만 뽑아줘.

   ⇨

   _____

   _____

   너희 집에 있는 카메라 좀 빌려줄 수 있겠니?

   ⇨

   _____

   네 자전거 사흘만 쓸게.

   ⇨

   _____

   나 몸 아프다고 체육수업 빠질 테니까 체육 샘한테 네가 좀 둘러대 줘.

   ⇨

   _____

   _____

 거절을 잘하면 자신을 잘 지킬 수 있어. 친구 부탁을 거절하지 못해 망한 사람을 주변에서 많이 봤거든. 거절이 어쩌면 우정을 지키는 지름길일지도 몰라.

6
강경하게 말하기

박사님 저는 늘 부드럽게 말하려고 하는데 그게 잘 안
돼요. 항상 너무 강경하게 말하는 것 같아요.

네가 주먹이 세니까 아이들이 겁먹어서 그렇지.

하지만 약하게 보이면 사람들이 깔보고 윽박지르거나
불리한 걸 막 밀어붙여요.

때로는 상대방에게 강경하게 말함으로써 용기를 보여
줘야 할 때도 있어. 그럴 때는 말로써 상대방을 제압할
줄도 알아야 해.

논리적이어야 제압이 될 것 같아요.

논리적이라는 건 대화를 통해서 이익과 손해를 분명히 밝혀주는 거지. 상대방이 말도 안 되는 주장을 하면 그 주장을 통해서 무엇을 얻을 수 있고 무엇을 잃을 수 있는지 분명히 깨달을 수 있게 제시해 줘야 해. 예를 들면 편의점에서 아르바이트하다가 부당한 대우를 받고 임금도 못 받고 쫓겨나게 되었다면 어떻게 해야 할까?

 우리는 힘이 없으니 아무 말도 못 하고 쫓겨날 수밖에요.

 임금은 법에 의해 주게 되어 있고 인격을 모독했으니 정식으로 사과받아야겠다고 이야기해야지.

 사과 못 하겠다고 하면요?

 만약 요구를 수용하지 않겠다면 노동부에 제소하고, 주변 친구들에게 인격 모독하는 업체라고 소문을 내면 과연 누가 더 큰 손해를 입겠냐고 하는 거야. 그러면 상대방은 손익을 따져 보겠지. 사과하고 비용을 줘서 해결하는 게 나을지, 아니면 버티다 일을 더 키우는 게 나을지 생각할 거야. 논리적으로 이해득실을 분명히 밝히는 거지. 아마 제정신 박힌 사장이라면 수긍하고 사과한 뒤 임금을 줄걸?

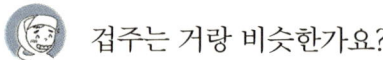 겁주는 거랑 비슷한가요?

하하하! 그것도 하나의 방법이야. 나를 비난하거나 무조건 흉보는 사람들을 강력하게 제압하는 방법이지. 그럴 때는 위세를 이용해 상대방에게 겁을 줘야 해.

위세요? 그게 어떤 건지 잘 모르겠는데요. 주먹을 들어 보이는 건가요?

아니야. 말로 해야지. 상대방이 한 이야기 중에서 명예 훼손 부분은 없는지, 앞뒤가 안 맞는 것은 없는지 분명하게 짚어서 겁을 줘야 해. 예를 들면 나는 그러한 비난이나 험담을 들을 사람이 아니며, 그렇게 할 경우에는 법적인 조치를 취하거나 선생님께 이야기하겠다 말하는 거야. 또한 폭력을 행사한 경우에는 학교폭력위원회에 보고하겠다고 당당하게 밝히면 주눅이 들어서 비난을 멈추지.

하지만 흥분한 상태에서 위협을 가하거나 더 난리 치지 않을까요?

그럴 때는 분위기를 맞춰 주는 것도 방법이야.

 어떻게요?

 상대방 입장만 배려하면 상대방이 나를 쉽게 깔보는 경향이 있거든. 그럴 때는 상대방을 기분 좋게 해 주면서 점잖게 위세를 보이는 거지. 예를 들어 돈을 꿔 가서 갚지 않는 친구가 있다면 이렇게 말하는 거야.

"네가 형편이 어려워서 돈을 갚지 못하는 건 알겠어. 돈을 못 갚는 너도 답답할 거야. 하지만 옛말에 세상에 공짜란 없고, 돈을 빌려주면 친구도 잃고 우정도 잃는다고 했어. 나는 너를 잃고 싶지 않아. 사소한 돈 몇 푼으로 우정에 금 가기 전에 해결책을 마련해 줘."

 와 정말 무섭네요. 조용조용 말하지만 힘이 느껴져요.

 하지만 끝끝내 말을 듣지 않고 우기면 어떻게 해요?

 그럴 때는 정말 강경한 방법을 써야지. 상대방의 잘못을 기록하거나 녹음해서 조목조목 따져가며 끝까지 내 입장을 관철시키겠다고 정색하면서 말하는 거야.

왕따를 당하던 친구가 참다 참다 어느 날 죽을 각오로 이렇게 이야기했대.

"한 번만 더 나를 괴롭히면 나는 죽을 각오로 너에게 덤비겠어. 그리고 수단과 방법을 가리지 않고 법과 경찰, 검찰의 힘을 빌릴 거야. 죽어도 좋아."

그 말에 장난삼아 친구를 괴롭히던 녀석이 찔끔해서 다시는 건드리지 않았다는 거야. 큰소리치고 무서운 표정으로 강경하게 이에는 이, 눈에는 눈으로 말하면 대개 비겁한 자들은 움츠러들게 되어 있거든.

 또 다른 방법은 없나요?

 법이나 공권력의 위력을 보여주는 것도 방법이지. 폭력을 사용하거나 언어폭력을 쓰는 친구를 경찰에 신고해 정식으로 법의 힘을 빌면 쉽게 해결되는 경우도 있단다. 왜냐하면 그런 비겁한 자들은 법이라는 더 강력한 권위 앞에서는 나약해지는 법이거든.

 꼭 법의 힘까지 빌려야 할까요?

다른 방법도 있어.

 그게 뭐죠?

 웅변은 은이요, 침묵은 금이야. 상대방이 말도 안 되는 억지를 쓰거나 고집을 피우면 가장 무서운 표정을 짓고 입을 다무는 거야. 그리고 눈을 부릅뜨고 이글이글 타는 눈으로 쳐다보면 대개는 겁을 먹지. 자기도 억지를 쓴다는 걸 알고 있으니까. 침묵이 말보다 더 강하다는 걸 보여주는 거야.

"범죄자들 때문에 당신들 목숨이 위험에 처한다면 모든 수단을 써서 사살하라. 이것이 나의 명령이다. 우리가 해야 할 일을 해라. 그리고 그 과정에서 1,000명을 죽인다고 해도 나는 당신들을 보호할 것이다. 범죄로 아이들을 망치면 죽일 것이다. 내 나라를 망쳐도 죽일 것이다. 총알도 아깝다. 강력범은 교수형에 처해야 한다. 마약 매매에 연루된 경찰관이 자진해서 사퇴하지 않으면 죽일 것이다. 부패한 언론인 역시 죽어 마땅하다."

필리핀 대통령 두테르테의 강경 발언은 죄를 짓지 않은 사람이 들어도 무서울 지경이다. 당사자인 범죄자들이 듣는다면 간이 쪼그라들 노릇이다. 그만큼 필리핀은 범죄가 만연해 있어 이대로는 국가 발전이 이루어질 수 없다는 생각에서 새 대통령이 초강경 발언을 한 것이다. 그 결과 수많은 범죄자들이 자수함으로써 스스로 벌을 받겠다고 나왔고, 대통령은 선량한 국민에게 지지를 받고 인기가 급속도로 올랐다.

스피치 훈련

1. 강경하게 말하지 못해서 약해 보이고, 그래서 불이익을 당하는 경우가 간혹 있다. 나는 언제 그런 일이 있었는지 적어 보자.

   ⇨

   _____

   _____

   _____

   _____

2. 다음과 같은 상황에서 행동의 변화를 가져오도록 겁주는 말로 강경하게 말해 보자.

   악성 댓글로 나를 괴롭히는 사람에게

   ⇨

   _____

   물건을 빌려 가서 안 돌려주는 친구에게

   ⇨

   _____

   지나가면서 자꾸 툭툭 치고 가는 친구에게

   ⇨

   _____

3. 다음과 같은 상황에서 상대방의 입장을 배려하면서 강경하게 말해
보자.

공연장에서 담배 피우는 사람을 보았을 때

⇨

_____

_____

말끝마다 욕을 입에 달고 사는 친구에게

⇨

_____

_____

지나가는 나에게 축구공을 차서 맞히고도 별로 미안해하지 않는
친구에게

⇨

_____

_____

_____

4. 다음과 같은 상황에서 강건하거나 온유하게 말한다면 어떨지 써 보자.

엄마 아빠가 부부싸움을 심하게 할 때
⇨

_____

_____

누군가 이유 없이 나를 괴롭힐 때
⇨

_____

_____

이웃이 우리 집 앞에 자꾸 쓰레기를 버릴 때
⇨

_____

_____

 좋은 게 좋은 거라고 눈감아 주면 사람들은 계속해도 되나보다 하고 무례를 범하곤 해. 이럴 때는 강경하게 말할 필요가 있어. 강온 양면 전략은 우리 고양이들도 쥐를 잡을 때 쓰는 전략이라고.

7
내가 잘 아는
소재로 말하기

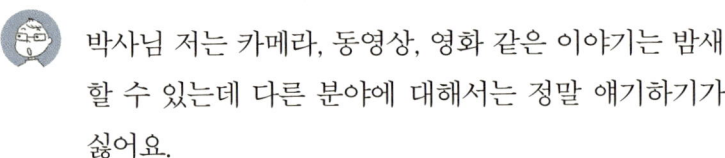 박사님 저는 카메라, 동영상, 영화 같은 이야기는 밤새 할 수 있는데 다른 분야에 대해서는 정말 얘기하기가 싫어요.

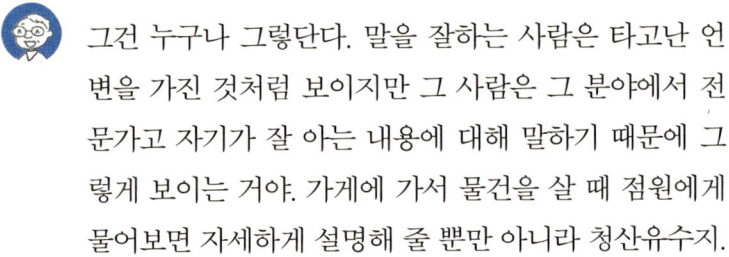 그건 누구나 그렇단다. 말을 잘하는 사람은 타고난 언변을 가진 것처럼 보이지만 그 사람은 그 분야에서 전문가고 자기가 잘 아는 내용에 대해 말하기 때문에 그렇게 보이는 거야. 가게에 가서 물건을 살 때 점원에게 물어보면 자세하게 설명해 줄 뿐만 아니라 청산유수지.

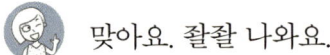 맞아요. 좔좔 나와요.

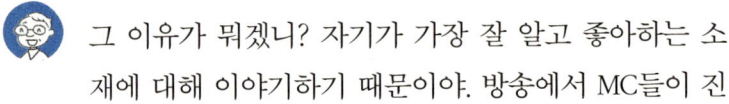 그 이유가 뭐겠니? 자기가 가장 잘 알고 좋아하는 소재에 대해 이야기하기 때문이야. 방송에서 MC들이 진

행을 잘하는 건 그 프로그램에 대해 잘 알고 자기가 다루는 소재에 대해서 미리 공부도 했기 때문이지.

 저도 운동에 대해서라면 잘 얘기할 수 있어요.

 저는 공부에 대해서요.

하하하! 이걸 역으로 뒤집으면 어떨까? 남 앞에서 이야기할 때 무슨 주제가 됐건 자신이 가장 잘 아는 분야를 가지고 이야기하면 돼. 나의 경우도 글을 쓸 때 내가 가장 잘 아는 장애나 문학에 대한 소재로 글을 쓰면 한도 끝도 없이 쓸 수 있거든. 말을 할 때도 마찬가지야. 하지만 잘 모르는 분야에 대해서 이야기를 하라고 하면 입이 안 떨어지지.

그러면 자기가 잘 아는 걸 이용해 이야기할 수 있도록 분위기를 유도해야겠군요.

그렇지. 그러기 위해서는 자기가 아는 분야에 열정을 가져야 해. 자신이 읽은 책이나 비법에 대해 이야기하는 것도 좋겠지.

어떤 이야기를 하면 좋을까요?

 스포츠, 동아리 활동, 책, 시사상식 등 자신이 깊이 있게 공부한 내용을 가지고 화제를 불러일으킬 만한 이야기를 하면 말을 잘할 수 있게 되지. 듣고 있는 사람도 즐겁게 들을 수 있을 뿐만 아니라 말을 잘한다고 생각하게 될 거야.

 상대가 잘 모르는 소재면요?

 물론 이야기를 하는 도중에 간간이 상대의 반응을 살펴야 해. 그러면서 새로운 것을 알려주고 공감을 유도하면 성공적인 스피치를 할 수 있을 거야. 싸움을 하더라도 홈그라운드에서 해야 유리하듯이 내가 잘 아는 소재 위주로 대화를 이끄는 게 좋지.

인류는 오늘날에도 수많은 질병에 허덕이며 살고 있습니다. 질병 앞에서 인간이 얼마나 무력한가는 최근 메르스 사태부터 에이즈 등 각종 질병을 고치는 치료법을 아직 찾지 못한 것만 보아도 알 수 있습니다. 오죽하면 감기조차 변변히 치료하지 못할까요.

그런 미약한 의학이지만 다행스럽게도 완전히 근절시킨 질병이 두 개 있으니 그것은 바로 천연두와 소아마비입니다. 이 두 질병은 예방주사만 맞으면 절대 걸릴 일이 없는 병이 되었고 요즘은 아예 그 원인균이 멸종해버렸을 정도라고 합니다.

불운하게도 나는 어렸을 때 걸린 소아마비 때문에 평생을 휠체어에 의지해서 살아가야 하는 장애인이 되었습니다. 소아마비의 막차를 탄 셈입니다. 그 후 내 의지로 단 1미터도 걸어보지 못한 채 살고 있습니다. 걷는 것이 일상인 비장애인들은 그것이 어떤 느낌인지 상상조차 할 수 없을 것입니다.

그렇다고 나를 비롯한 대다수 장애인들이 불행하기만 할 거라는 생각은 섣부른 생각입니다. 노벨문학상에 빛나는 헝가리 작가 임레 케르테스(Imre kertesz)의 《운명》 주인공은 나치 수용소에서도 행복을 느꼈다지 않습니까? 인간의 행, 불행은 그렇게 단순한 문제가 아닙니다. 이집트 피라미드의 벽화를 보면 한쪽 다리가 가는 장애인이 나옵니다. 인류의 문명이 피어나기 시작하던 그 옛날부터 장애인은 존재했었던 겁니다.

　장애의 역사는 인류의 역사와 함께 해왔다고 할 수 있습니다. 비장애인 부모 사이에서도 장애인이 생겨날 수 있고, 자신의 의지와는 상관없이 누구나 장애인이 될 수 있으며, 건강하게 살다가도 나이를 먹고 노쇠해지면 신체 기능이 상실되면서 장애인이 되는 것은 지극히 자연스러운 삶의 현상입니다. 다시 말해 장애는 비정상적이니 말살하거나 숨겨 없앨 것이 아니라 늘 우리 곁에 있는 것으로 자연스럽게 받아들여야 할 것입니다.

1. 내가 좋아하는 분야나 관심이 있는 분야에 대해 말해 보자.

⇨

_____

_____

_____

_____

2. 그 분야를 왜 좋아하게 되었는지 말해 보자.

⇨

_____

_____

_____

_____

3. 다른 사람 앞에서 내가 좋아하는 분야를 간단하게 소개한다고 생각하고 압축해서 설명해 보자.

⇨

_____

_____

_____

_____

_____

_____

_____

_____

 자기가 가장 잘 아는 분야에 대해 말하면 상대방에게 전문가다운 느낌을 주지. 그건 곧 나를 상대방에게 강하게 인지시키는 것이기도 해.

8
공적인 말하기

오늘 학교에서 프로젝트를 발표하는데 누가 중간에 질문하길래 나중에 하라고 했다가 선생님께 지적받았어요.

뭐라고 했길래?

나대지 말라고 했거든요.

야, 어떻게 그런 말을 하냐! 공적인 자리에서.

하하 민성이가 공적인 말하기의 원칙을 지키지 않았구나.

공적인 말하기는 뭐예요? 아니 공적인 게 뭐예요? 정

의가 궁금해요.

 공적이라는 것은 사적이라는 의미의 반대되는 개념인
데 큰 의미에서 국가나 사회에 관계된다는 뜻이야. 좀
더 축소해서 말하면, 학교나 지역사회 등 내가 속한 가
족이나 친구 외의 큰 범위에 해당되는 것이라 생각하
면 되겠지. 공적인 자리는 한마디로 많은 사람이 서로
영향을 주고받는 공간이야. 당연히 나의 행동에 큰 책
임이 따르는 곳이지. 학교나 학원, 친구들과 어울리는
동아리 방, 교회 등은 공적 장소고 여기에서 하는 대화
들은 공적 대화라고 할 수 있지.

 마이크 잡고 리포트 하는 건요?

 그건 아주 큰 공적인 말하기지.

 그럼 공적인 말하기에서는 어떤 점을 주의해야 하죠?

 공적인 대화를 할 때는 우선 밝은 표정을 짓는 게 중
요해. 상대방에게 내가 즐겁고 유쾌한 사람으로 느껴
지느냐, 우울하고 어두운 사람으로 느껴지느냐는 큰
차이가 있기 때문이지. 그 사람들이 나를 잘 모를 확률

이 높으니까 말이야.

 듣는 사람도 신경 써야 할 것 같아요.

 당연하지. 상대방도 나와 똑같이 말할 기회가 있다는 것을 꼭 감안해야 해. 민성이는 질문한 친구가 발표하는 데 좀 방해가 되더라도 나중에 질문해 달라거나 그 자리에서 간단하게 답을 해야 했어. 어느 한쪽이 일방적으로 말하거나 일방적으로 듣는 관계가 되어서는 곤란해. 그렇기 때문에 항상 상대방을 고려하는 태도를 가져야 하는 거지.

 듣는 애들이 잘못해도요?

 상대방이 잘못하거나 지적할 일이 있을 때는 남들이 듣지 않는 조용한 곳에서 얘기함으로써 그 사람의 프라이버시와 인격을 존중해 줘야 해.

 상대에 대해 아는 게 중요할 것 같아요.

 좋은 의견이야. 상대방을 정확히 파악하고 이해한다면 아주 좋지. 상대방에 대한 이해 없이 일방적으로 내 생각만 전달하는 건 올바른 대화가 아니지. 그리고 말을 할 때는 듣는 사람과 말하는 사람이 서로 신뢰할 수 있어야 해. 신뢰를 바탕으로 대화를 나눌 때 관계가 발전할 수 있고, 창의적인 아이디어가 마구 쏟아져 나올 수 있기 때문이야.

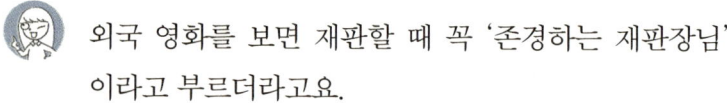 외국 영화를 보면 재판할 때 꼭 '존경하는 재판장님'이라고 부르더라고요.

신뢰는 상호 존중하는 태도와도 연결되지. 서로 존중하고 존중받는다고 생각하면 거리낌 없이 이야기를 주고받을 수 있는 관계가 돼.

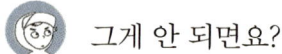 그게 안 되면요?

그런 관계 설정이 안 된다면 그것은 말하는 태도에 문제가 있기 때문이야. 상호 의견을 주고받을 수 있는 분위기가 성립되지 않는다면 언제고 문제를 일으키게 되어 있기 때문에 올바른 태도로 말을 하고 듣도록 해야 해.

시저(Julius Caesar)를 둘러싼 사람들은 일제히 품에서 칼을 꺼냈다. 그리고는 로마의 왕이 되려는 야심을 품었던 시저를 그 자리에서 살해했다. 시저는 죽는 순간 자신을 둘러싼 사람들 가운데 그가 믿었던 브루투스(Marcus Junius Brutus)가 있는 걸 발견하고는 뼈아프게 외쳤다.

"브루투스 너마저도?"

시저가 죽고 나자 로마의 시민들은 분노했다. 암살한 범인들을 체포해야 한다고 주장하는 사람도 있었다.

이때 시민들 앞에 나선 것은 브루투스였다. 그는 자신을 당장에라도 죽일 것처럼 으르렁대는 시민들 앞에서 말문을 열었다.

"오늘 시저를 내 손으로 죽였습니다. 그는 감옥에 갇혀 있던 나를 구해 주었고, 나에게 높은 자리를 내주었습니다. 그렇지만 그가 살아 있으면 우리 로마의 민주주의가 죽을 것 같아 그를 죽였습니다. 왕이 되고자 하는 그를 내가 막지 않으면 누가 막겠습니까?"

그의 말에 시민들은 흥분을 가라앉혔다. 그의 유창하고 논리적인 연설과 자신감 넘치는 태도 덕분에 성난 시민들은 흥분을 자제하고, 로마는 곧 평화를 되찾을 수 있었다.

스피치 훈련

1. 거울을 보면서 다음과 같은 표정을 지어 보자.

   근엄한 표정
   자신감 있는 표정
   치아가 8개쯤 드러나게 웃는 표정

2. 공적인 자리에서 다음과 같은 행동을 하는 사람에게 정중하게 말
   해 보자.

   집중하지 않고 옆 사람과 잡담하는 사람
   ⇨

   _____

   _____

   인신공격을 하며 말꼬리를 잡고 늘어지는 사람
   ⇨

   _____

   _____

   빨리 끝내라고 시계를 가리키며 주의를 분산시키는 사람
   ⇨

   _____

   _____

3. '18세 선거권 확대'에 대한 찬성 혹은 반대 의견을 정하여 원고로
   작성해 보자.

   ⇨

   _____

   _____

   _____

   _____

   공적인 말하기 훈련을 위해 높임말로 원고를 수정해 보자.

   ⇨

   _____

   _____

   _____

   _____

 공적인 자리에는 많은 사람들이 모이기 때문에 누가 나에게 호감을 느끼는지 반감을
갖고 있는지 알 수 없지. 그렇기 때문에 태도나 말에 더더욱 신경을 써야 한다고.

9
질문하고 듣기

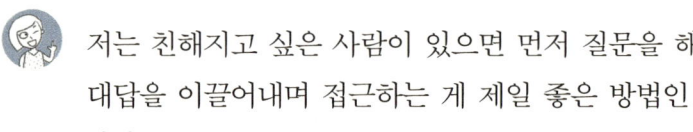 저는 친해지고 싶은 사람이 있으면 먼저 질문을 해서 대답을 이끌어내며 접근하는 게 제일 좋은 방법인 것 같아요.

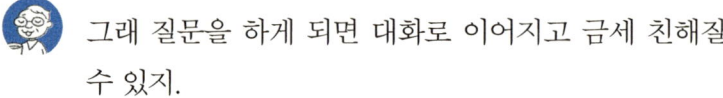 그래 질문을 하게 되면 대화로 이어지고 금세 친해질 수 있지.

 어떤 질문을 하는 게 좋을까요?

공통관심사가 될 만한 주제를 잡아 대답을 유도할 수 있게 질문하는 게 좋지. 그러면 대화가 긴밀하게 이어질 테고. "이번 경기에서 누가 이길 것 같아요?"라고 하기보다는 "이번 경기에서는 A팀이 이길 것 같은데 그 이유가 뭐라고 생각하세요?" 이런 식으로 물어보면

여러 가지 이유를 말할 수 있을 테니까.

 그다음은요?

 경청해야지. 상대방의 말을 귀 기울여 듣는 거지. 대화의 질을 결정하는 90퍼센트는 경청이야. 질문과 대답을 통해 새로운 인간관계를 형성하거나 뭔가를 배우기 위해선 남의 이야기를 많이 그리고 잘 들어야 해. 사람들은 대개 말을 하려고만 하지 잘 들으려고 하질 않아. 정말 말을 잘하는 사람은 잘 듣는 사람이란다.

 맞아요, 그런 것 같아요.

 내가 대학원생일 때 교수님 고향에서 학회가 열렸는데 교수님께서 자꾸 자기 친구가 횟집을 크게 한다고 자랑하시는 거야. 나는 그 이야기를 듣고 교수님이 학생들을 그 집에 데려가고 싶어 한다는 것을 알았지. 그래서 질문을 했어. "교수님 그 횟집은 음식이 맛있나요? 한번 가서 먹어 볼 수 있을까요?" 이렇게 질문하니까 교수님은 기다렸다는 듯이 말했어. "어허, 자네들이 원한다면 내가 한턱내지." 그리고 우리 전부를 데리고 가서 싱싱한 회를 잔뜩 먹게 해주셨어.

 와, 멋지네요!

 사실 내가 한 일은 질문 두어 마디 한 것밖에 없었는데 말이야.

 상대방이 하는 말을 잘 들었기 때문에 그분의 의도를 파악하실 수 있었던 거군요!

 맞아. 훌륭한 이야기꾼이 되려면 잘 들어야 해. 잘 듣고 있으면 내가 언제 말해야 하는지도 알 수 있고, 무슨 말을 해야 할지 알 수 있지. 그 능력치가 쌓이면 중요한 자리에서 사회를 볼 수도 있고, 어디 가나 인기가 많은 사람이 될 수 있단다.

 좋은 질문과 잘 듣기가 왜 중요한지 이제 깨달았어요. 친구 관계도 그런 것 같아요.

 맞아. 다른 사람의 관심을 끌고 싶다면 먼저 관심을 줘야 하고, 상대방이 대답하기 좋은 질문을 던져 줘야 해.

 어떤 질문을 하면 좋을까요?

대부분의 사람은 아래와 같은 것을 물으면 기쁜 마음으로 잘 대답하지.

1. 말하는 자가 이룬 것
2. 말하는 자의 희망이나 꿈
3. 말하는 자의 관심사
4. 말하는 자의 이익
5. 말하는 자의 목적

질문하는 것은 관계의 시작이요, 말하기의 시작이란다. 그리고 듣기는 좋은 말하기의 마중물이라 할 수 있어. 잘 듣는 사람이 대화를 잘 이끌고 좋은 질문과 리액션을 할 수 있거든.

불치하문(不恥下問). 손아랫사람이나 지위나 학식이 자기만 못한 사람에게 모르는 것을 묻는 일을 부끄러워하지 않는다는 말이다.

자공이 물었다. "공문자는 어떻게 시호를 문(文)이라고 했습니까?" 공자가 대답했다. "그는 일을 민첩하게 처리하고 공부하기를 좋아했으며, 아랫사람에게 묻는 것을 부끄러워하지 않았다. 그래서 문이라고 한 것이다."(子貢問曰, 孔文子何以謂之文也. 子曰, 敏而好學, 不恥下問. 是以謂之文也.)

—《논어(論語)》,〈공야장(公冶長)〉

위나라의 대부 공어(孔圉)가 죽자 위나라 군주가 그에게 '문(文)'이라는 시호를 하사하였다. 그러자 사람들은 그를 공문자라고 불렀다. 공자의 제자 자공은 공어의 평소 행실이 그렇게까지 높은 평가를 받기에는 부족하다고 생각했다.

공어는 태숙질(太叔疾)을 부추겨 본처를 쫓아내고 자기 딸을 아내로 삼도록 했다. 그런데 사위 태숙질이 자기 첫 번째 부인의 여동생과 간통을 하자 공어는 태숙질을 죽이려고 당시 최고의 스승이던 공자에게 어떻게 해야 할지를 물었다. 하지만 공자는 이번 음모에 관계하기 싫어서 대꾸도 하지 않고 수레를 타고 떠나 버렸다. 장인이 자신을 죽이려 한다는 걸 안 태숙질이 송나라로 달아나자 공어는 자기 딸 공길(孔姞)을 데려와서 태숙질의 동생 유(遺)에게 아내로 맞도록 했다.

공어가 이런 사람인데 호학 정신을 배우고 계승하게 하려고 문이라는 시호를 하사했다는 것을 이해할 수 없었던 자공은 그 이유를 공자에게 물은 것이다.

1. 다음과 같은 사람들을 만나서 딱 하나만 질문하라고 한다면 무슨 질문을 할지 말해 보자.

세계적인 축구 선수 리오넬 메시

⇨

_____

아이돌 그룹 리더

⇨

_____

우리 학교에 온 작가

⇨

_____

종이 줍는 할머니

⇨

_____

경찰관 아저씨

⇨

_____

_____

2. 가족이나 친구, 혹은 주변 사람에게 다음과 같은 질문을 해 보자.
   그리고 뭐라고 대답해 주어야 할지 써 보자.

   당신의 희망이나 꿈

   ⇨

   _____

   _____

   관심사나 취미생활

   ⇨

   _____

   _____

   당신의 장단점

   ⇨

   _____

   _____

 좋은 질문은 상대방의 이야기를 잘 들어야 나오는 거라고. 그리고 좋은 질문은 아무 선입견 없이 순수하게 궁금한 걸 물어보는 것일 수도 있어.

10
집에서 말하기

가족 사이에서는 늘 대화가 필요하지. 그 이유는 가족은 내 삶의 소중한 일부기 때문이야. 가족을 통해 안락한 마음을 얻게 되고 평화를 얻을 수 있으니까.

가족들과 있으면 편안해요.

하지만 저는 가족과 무슨 이야기를 해야 할지 좀 어색하고 막막할 때도 있어요.

가정에서의 대화는 일단 서로의 일정을 기억해 주는 것으로 시작하는 것이 좋아.

"오늘 시험이지? 부담 없이 치르고 와."

"학교 끝나고 이모 집에 들르는 거 잊지 마라."

이런 대화는 깜빡 잊었다가도 다시 생각나게 해주니까 고마운 마음이 들기도 하니까 작은 것들도 중요한 대화가 될 수 있어.

 격려해 주는 말을 듣고 싶어요.

 격려나 용기를 북돋워 주는 말도 가족 간의 좋은 대화라 할 수 있지.

"넌 잘할 수 있어."
"최선을 다하면 그걸로 족해."

이렇게 말해주면 힘이 나지. 누구나 비난보다는 칭찬받는 걸 좋아하니까! 너희같이 어린 친구들뿐 아니라 부모님이나 형제자매도 모두 같은 마음이란다. 그리고 가족의 끈끈한 유대감을 기억해낼 수 있을 만한 소재, 신뢰할 수 있는 다짐이나 약속의 말도 좋은 대화 소재가 된단다. 공감대를 형성하는 것, 진정성을 전달하는 것 모두 이런 대화를 통해 가능한 거거든.

헤헤, 생각해보니 가족들과는 참 다양한 이야깃거리가 있네요.

 맞아. 하지만 유의할 것은 아무리 친하고 편한 사이라 할지라도 상대방의 말을 진지하게 들어주고 진지한 태도로 말해야 한다는 점이야. 가깝고 편하다는 이유로 상대방의 말을 가볍게 흘려듣거나 함부로 대꾸를 해서 충분히 의사 전달이 되지 못해 오해가 생기는 경우도 많으니까 말이야.

 그럼 어떻게 해야 하는데요?

 과거에는 유교 문화로 인해 윗사람이 아랫사람에게 일방적으로 지시하거나 가르치는 식의 대화가 주된 것이었다면, 요즘은 가족 구성원 모두가 수평적 관계가 되었기 때문에 나이 어린 가족이라도 개인의 인격을 존중하며 대화를 할 때 예의를 지켜야 해. 부모님이라 할지라도 일방적으로 자녀가 말을 못 하게 억누르면 안 되고 말이야. 물론 자녀들이나 아랫사람도 예의를 지켜서 말을 해야 하는 건 당연하지. 최근에는 부모 앞에서 욕을 섞어가며 말하는 친구들도 있던데, 그런 행동은 옳지 않단다.

 제 주변에는 집에서는 대화를 거의 안 하는 친구들도 있어요.

 부모와 자식 간의 대화 단절은 가치관과 윤리관의 대립 때문인데 그럴수록 차이를 인정하고 해소하려면 소통이 더욱 중요해. 대화가 단절되었다는 건 정말 안타까운 일이야. 대화의 역할은 친밀감과 마음의 표현이거든. 그러니 마음을 표현하는 말하기를 수시로 시도해봐야 한단다.

 친구들이랑 대화하는 건 너무 편한데, 가족과의 대화는 왜 그런지 좀 어색해요.

 가족들과 한자리에 모여 대화를 나눌 수 있는 시간과 기회를 자주 가질 수 있도록 노력해야 해. 밥 한 끼라도 같이 먹는 게 중요하지. 그리고 서로 예의를 지켜야 해. 부모도 단어 선택에 조심해야 하고 말이야. 세대 차이나 위화감이 생기지 않게 언어를 순화하기 위해 노력해야 할 뿐만 아니라 자녀의 인격을 존중하고 상대 의견을 들어주는 태도 또한 필요해. 기본적으로 이러한 태도로 대화를 시도한다면 어떤 대화를 하더라도 서로 이해하고 배려하는 데 문제가 없을 거야. 너희는 가족들과 무슨 이야기를 나누고 싶니?

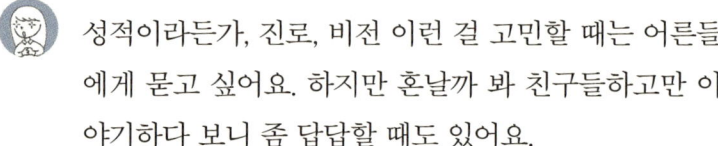 성적이라든가, 진로, 비전 이런 걸 고민할 때는 어른들에게 묻고 싶어요. 하지만 혼날까 봐 친구들하고만 이야기하다 보니 좀 답답할 때도 있어요.

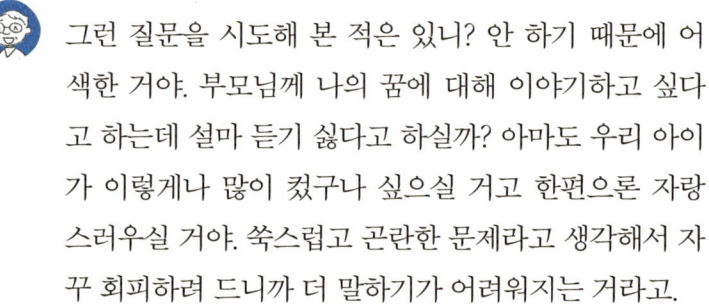 그런 질문을 시도해 본 적은 있니? 안 하기 때문에 어색한 거야. 부모님께 나의 꿈에 대해 이야기하고 싶다고 하는데 설마 듣기 싫다고 하실까? 아마도 우리 아이가 이렇게나 많이 컸구나 싶으실 거고 한편으론 자랑스러우실 거야. 쑥스럽고 곤란한 문제라고 생각해서 자꾸 회피하려 드니까 더 말하기가 어려워지는 거라고.

"민혁아, 표정이 안 좋구나."

"아빠, 그렇게 보여요?"

"응. 무슨 고민 있니?"

"아빠도 회사 일로 피곤하시잖아요. 제 고민까지 말씀드리면 더 피곤하실 거예요."

"그렇지 않아. 아빠가 피곤한 건 다 우리 가족을 위한 거야. 말해 봐."

"그러면 말씀드릴게요. 학교에서 절 괴롭히는 아이가 있어요."

"그래? 무슨 일로?"

민혁이는 그간 학교에서 왕따 당했던 일을 조심스럽게 이야기했다. 아버지는 다 듣고 민혁이에게 물었다.

"민혁아, 네가 원하는 방법으로 이 일은 해결해 보자. 아빠가 경찰에 신고할 수도 있고, 교장 선생님이나 담임선생님께 말씀드릴 수도 있어. 물론 너의 생각이 가장 중요하긴 해."

"아빠. 제가 저를 괴롭히는 아이에게 먼저 그러지 말라고 부탁해 볼게요. 그러고 나서 정 안 되겠으면 상담 선생님께 말씀드릴게요."

"그래. 그게 순서인 것 같구나. 아빠는 늘 도와줄 준비가 되어 있으니 언제든 얘기해라."

"죄송해요. 번거롭게 해드려서요."

"아니야. 나는 우리 아들이 지혜롭다는 걸 아니까 믿고 지켜볼게."

"고마워요. 아빠. 이렇게 털어놓으니까 속이 후련하네요."

1. 아빠와 엄마 혹은 할아버지나 할머니에게 교훈을 들려달라고 청해 서 들어보고 아래에 정리해 보자.

⇨

_____

_____

_____

_____

_____

_____

2. 우리 가족이 한자리에 모여서 대화를 한다면 나는 다음 주제에 대 해 어떻게 말할 건지 연습해 보자.

나의 진학 계획

⇨

_____

_____

나의 알바 계획

⇨

나의 꿈과 희망

⇨

내가 부모님께 바라는 것

⇨

학교생활과 친구 관계

⇨

 대화는 주위 환경에 따라 많은 영향을 받아. 집에서 가족 간에 대화하면 늘 잔소리가 돼버리니까 가끔은 카페나 공원 같은 곳에 나가 대화를 시도해보는 것도 좋다고.

11
대중 앞에서 말하기

 박사님 큰일 났어요. 친구들이 저한테 동영상의 세계에 대해 발표하래요. 어떻게 하죠? 사람들 앞에서 말하려니까 떨리고 겁나요.

 사람들 앞에서 말하는 게 뭐가 떨려?

 너는 끼가 있으니까 그렇지. 대부분의 사람들은 남들 앞에서 말하라고 하면 무서워한다고.

 대중 앞에서 말하는 게 그렇게 어렵기만 한 일은 아니란다. 내가 사람들 앞에서 말 잘한다고 내게 사람들은 특별한 비법이라도 있냐고 묻는데 사실은 그렇지 않아. 친구들한테 말하는 것과 크게 다르지 않거든. 내 생각을 다른 사람들에게 알리는 것일 뿐이야. 그저 들는 사람이 많다뿐이지.

그럴 때는 어떤 걸 말해야 좋을까요?

당연히 자기가 잘 아는 걸 이야기하는 게 가장 좋지. 그런데 자기도 잘 모르는 걸 다른 사람들 앞에서 말하려다 보니 강연을 하거나 대중들 앞에서 말할 때 자꾸 실수하거나 망치게 되는 거야. 또한 자세도 어색하고 진정성도 잘 전달이 안 되는 거란다. 그래서 대중에게 말할 때 제일 원칙은 이거야. 내가 잘 아는 주제를 가지고 말한다.

제가 리포트 할 때도 그렇게 해야 하나요?

그렇지. 리포트를 한다고 해서 짧은 시간 안에 모든 걸다 얘기할 순 없어. 자신이 보고 들은 것을 이야기하고 전달하기만 하면 돼. 그래야 이야기를 듣는 사람도 편안하게 들을 수 있단다.

박사님은 언제부터 대중 앞에서 이야기하셨어요?

나는 초등학교 들어가자마자 아이들 앞에서 이야기하

기 시작했단다. 우리 나이로 치면 아홉 살, 열 살 무렵부터지.

 와, 대단하시다.

 무슨 이야기를 하셨는데요?

 좋은 질문이야. 아까 말했지? 내가 가장 잘 아는 걸 이야기하라고. 당시 난 다른 아이들보다 책을 많이 읽었거든. 그러니 당연히 내가 읽은 책 이야기를 해 주었지.《톰 소여의 모험》이라든가《허클베리 핀》,《보물섬》같은 소설 말이야. 이런 책조차 많은 아이들이 읽지 못할 때였거든. 이야기에 내가 상상을 조금씩 덧붙여 말해 주면 아이들은 열광했어.

 와! 사람들 앞에서 이야기하는 것도 별거 아니네요?

 하지만 기본 원칙이 있단다. 먼저 말을 시작할 때 내가 무슨 얘기를 하려는지 밝혀야 해. "저는 이번에 왕따 문제 대해서 저의 생각을 밝히려 합니다." 이런 식으로 이야기의 주제에 대해 설명해 주는 게 좋지. 그다음에는 본론을 이야기하고 마지막에는 내가 그동안 무슨 이야기 했는지 한 번 더 요점을 정리해 주면 좋단다. 나는 퀴즈를 내는 방식을 사용하는데 끝날 때 퀴즈 정답을 말해주면서 다시 한번 되짚어 주지.

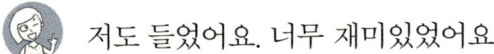 저도 들었어요. 너무 재미있었어요.

하지만 다짜고짜 남들 앞에서 자기 얘기를 한다고 말을 잘하는 건 아니잖아요?

당연하지. 연습, 또 연습이 필요하단다.

달달 외워야지요.

처음에는 원고를 써서 달달 외우는 것도 좋은 방법이야. 그렇지만 이 방법을 쓰게 되면 자꾸 원고를 보게 되니까 대중들을 못 보게 돼. 되도록 사람들과 눈을 마주 보고 원고는 최대한 적게 봐야지.

메모해서 이야기할 수도 있어요.

그 방법이 훨씬 자연스럽지. 키워드들만 적어 놓고, 순서를 익혀 놓는다면 메모에 가사를 붙이듯 자연스럽게 말할 수 있단다. 무엇이 되었건 사전 연습을 많이 해야 해.

 거울 앞에서 연습하는 건 어때요?

 거울 앞에서 연습하는 게 가장 좋지. 제스처도 취해 보고, 자신의 모습을 직접 볼 수 있으니까. 그게 아니면 가족들이나 친구 혹은 작은 모임 같은 데서 연습해 보는 것도 나쁘지 않단다.

 시간도 중요하지 않나요? 리포트 할 때 보면 시간이 무척 중요하던데.

 강연의 기본 원칙은 정확한 시간에 맞춰 강연하는 거야. 약속에 의해 사람들이 모인 것이기 때문에 시작 시간과 마치는 시간을 지켜 주어야 한단다.

 청중을 사로잡는 방법에 대해서도 알려주세요.

 그건 다음에 이야기해 주마.

(전략)

이것이 바로 이 나라의 이야기고 오늘 밤 저를 이곳에 있게 한 이야기입니다. 수세대에 걸쳐 사슬의 아픔, 예속의 치욕, 분리와 차별의 고통을 겪었지만, 투쟁하고 소망하기를 그치지 않았고 필요한 일들을 해왔습니다. 저는 매일 아침 노예들이 지은 집에서 잠을 깹니다. 그리고 제 딸들, 아름답고 지적인 두 흑인 여성들이 백악관의 잔디밭에서 개와 놀아주는 걸 봅니다. 그리고 힐러리 클린턴 덕분에 제 딸들과 우리의 모든 아들과 딸들은 여자도 미국 대통령을 할 수 있다는 걸 당연하게 받아들입니다.

그러니 누군가가 이 나라를 다시 위대하게 만든다고 말하지 못하게 해주세요. 왜냐하면 지금 미국은 세상에서 가장 위대한 나라니까요. 제 딸들은 사회로 나갈 준비를 하고 있습니다. 그렇기에 전 그에 합당한 지도자를 바랍니다. 제 딸들과 모든 아이들을 위한 약속을 지킬 지도자를 말입니다. 하루도 빼놓지 않고 사랑과 소망과 우리 모두의 자녀들을 위한 큰 꿈을 이끌어줄 지도자를 바랍니다.

그러니 이번 선거에서 우리는 모든 것이 저절로 돌아가기만을 바랄 수는 없습니다. 싫증 내고 좌절하며 냉소적으로 굴 여유가 없습니다. 11월까지 우리는 8년 전, 그리고 4년 전 했던 일을 다시금 이루어야 합니다. 모든 집 문을 두드려 표를 만들어야 합니다. 열정과 힘, 애국심의 마지막 한 푼까지 모두 꺼내어 힐러리 클린턴을 미합중국의 대통령으로 뽑아야 합니다.

— 2016년 민주당 전당대회에서 미셸 오바마의 연설

1. 남들 앞에서 갑자기 뭐든 좋으니 얘기해 보라고 한다면 나는 무슨 이야기를 할 건지 적어 보자. (감명 깊게 본 영화, 읽은 책, 좋아하는 노래, 취미 생활 등등)

➪

_____

_____

_____

_____

_____

_____

_____

_____

2. 내가 가장 잘 아는 것을 가지고 5분 스피치를 한다는 생각으로 아래에 원고를 써서 강연하듯 읽어 보자.

⇨

_____

_____

_____

_____

_____

_____

_____

_____

3. 위의 원고를 키워드로만 정리해서 적어 보자.

_____

_____

_____

_____

_____

4. 키워드만 적은 것을 보고 5분 스피치를 해 보자.

 대중 앞에서 이야기하는 것을 자꾸 연습하다 보면 머릿속에 자동으로 키워드가 정리되면서 술술 말할 수 있게 되지. 즉흥 연설을 하게 되더라도 이 과정이 순식간에 짜여져.

12
청중 분석

오늘 봉사시간에 초등학생들에게 공부를 어떻게 해야 하는지에 대해 설명했는데 완전히 망쳤어.

너 분명히 아이들 앞에서 공부 시간표 짜는 법, 서브 노트 쓰는 법에 대해 말했지?

어떻게 알았어?

보담이가 청중 분석에 실패했구나.

그게 뭐예요?

내가 전국에 강연을 다니면서 늘 똑같은 이야기를 하는 것 같지만 그렇지가 않아. 가는 곳마다 이야기가 조

금씩 다르단다. 어느 곳에서는 진지하게, 어느 곳에서
는 재미있게 이야기하지. 강연회마다 청중들 분위기
가 다 다르기 때문이야. 전달하려는 정보나 지식은 똑
같아도 듣는 사람에 따라서 내용을 조금씩 바꾸거나
이야기하는 방식을 바꿔야만 해. 즉, 청중 분석을 해야
하는 거지.

 보담이는 듣는 애들이 초등학생이라는 걸 잊었대요.

 듣는 사람마다 수준이나 이야기를 듣는 방식이 달라.
그렇기 때문에 이야기를 듣는 사람을 정확하게 분석
하는 것은 대단히 중요해. 따라서 상대방에 대한 정보
를 모아 특성을 파악하는 것이 필요하지. 나이, 성별,
교육 정도, 직업, 종교 등 듣는 이의 일반적인 특성을
바탕으로 성향을 미리 짐작하고 있어야 해.

 구체적으로 알려주세요.

 청중 분석에서 가장 먼저 고려해야 할 것은 아래와 같아.

1. 듣는 사람의 지적 수준
상대방이 동급생인지, 상급생인지, 하급생인지에 따라서 그

들의 수준에 맞게 이야기해 줄 수 있어야 해. 또한 지식이 많은지 적은지를 판단해 그들의 수준에 맞는 말하기를 해야 하지.

2. 듣는 사람의 성별

여자가 많은지, 남자가 많은지에 따라서도 내용이 달라질 수 있어. 같은 이야기를 전달하더라도 여성들이 관심 있어 하는 에피소드나 소재를 가지고 이야기할 수도 있고, 남자들이 좋아하는 운동이나 취미 등을 소재로 삼을 수도 있기 때문이야. 성별에 따라 무엇에 더 흥미가 있고 어떤 이야기를 듣고 싶어 하는지 관심을 두고 거기에 맞춰서 준비해야 해.

3. 발표 당시의 분위기

여러 사람이 발표할 경우 앞사람이 발표하는 것을 잘 살폈다가 어떤 이야기에 청중들의 반응이 좋았는지 파악하는 것도 중요해. 그것은 곧 듣는 사람들의 흥미와 관심이 어디에 있는지 알 수 있는 지름길이기 때문이야. 현재 상황을 고려해 이야기해야 하지.

 그게 잘 안 되면요?

 말하기를 하기 전에 청중들이 내가 말할 화제에 대해

관심이 있는지, 어느 정도 알고 있는지를 알고 싶으면 설문 조사를 하는 것도 방법이야. 아니면 말하기를 요청한 사람에게 물어서 파악해 두는 방법도 있지. 그것이 뜻대로 되지 않을 경우 자신이 알고 있는 바를 바탕으로 듣는 이의 나이와 같은 또래의 관심, 지적 수준, 취미 등을 추측해야 하지. 중요한 것은 이렇게 청중 분석을 하면 실패할 확률이 줄어든다는 사실이야.

영국 총리 처칠(Winston churchill)은 옥스퍼드 대학 졸업식에서 축사를 하기로 했다. 주최 측에서는 학생들이 지겨워할 수 있으니 연설을 짧게 해 달라고 부탁했다. 처칠은 영국 최고의 인재인 옥스퍼드 대학 졸업생들 앞에서 특별히 해줄 말이 없었다. 그들은 이미 세계적인 엘리트들이었기 때문이었다.

마침내 졸업식장에 나타난 처칠은 입을 열었다.

"포기하지 마시오!"

첫 마디였다. 그리고 청중들을 훑어보았다. 잠시 숨을 멈춘 뒤 한 번 더 말했다.

"절대 포기하지 마시오."

그러고는 아주 큰 소리로 외쳤다.

"결코 절대로 포기하지 마시오!"

그리고 연단을 내려갔다. 그들에게 이 이상의 말은 필요 없었다. 졸업식장은 함성의 도가니가 되었다. 청중을 정확하게 파악한 처칠의 연설은 탁월했다.

영국의 옥스퍼드 대학이라면 최고의 명문이고 학생들은 모두 엘리트들이다. 그들에게는 뻔한 이야기보다 강력한 한방이 필요하다고 처칠은 청중 분석을 했던 것이다.

1. 토끼와 거북이의 경주 이야기는 누구나 다 아는 이야기다. 다음의
   청중들에게 이 이야기를 한다면 어떻게 할 것인지 적어 보자.

   유치원생

   ⇨

   _____

   _____

   _____

   _____

   초등학생

   ⇨

   _____

   _____

   _____

   _____

중고등학생

⇨

_____

_____

_____

_____

어른

⇨

_____

_____

_____

_____

2. 어떤 이야기를 해 주면 좋을지 주제를 정하여 말해 보자.

시험 기간 친구에게

⇨

_____

_____

식당에서 혼자 밥 먹는 친구에게

⇨

_____

_____

학교 가는 버스 안에서 친구에게

⇨

_____

_____

_____

 그래서 유명 강사들은 강연할 장소에 미리 가서 청중들에 관해 묻고 뭐라 얘기하면 좋을지 연구하고 준비하지.

13
언쟁하기

 우리 반에서 자존감이 약한 애가 저한테 공부 잘하고 예쁘면 다냐고 해서 좀 다퉜어요.

 대개 말다툼이 끝나면 분한 마음이 사그라지지 않지. 억울하거나 화가 나거나 해결되지 않은 것 때문에 속상하고.

 그래도 말다툼을 하면 꼭 이기고 싶어요.

 누구나 말다툼에서 지고 싶어 하진 않아. 하지만 조금만 생각을 바꿔 보자. 더 많이 알수록 더 많이 용서하는 법이야. 말다툼이 일어났다는 것은 고만고만한 사람들끼리 다퉜다는 뜻이지. 공감할 수 있다면 상대방의 입장도 이해할 수 있으니 말다툼할 이유가 없어.

하지만 까다로운 사람을 보면 정말 화가 나요.

 까다로운 사람은 그만큼 다른 곳에서 상처를 입고 온 거란다. 그렇기 때문에 그런 사람들의 상처를 공감해 주면 싸움을 피할 수 있지. 그런 사람에게는 먼저 공감 의 말을 던져 주는 것이 상책이야. "정말 힘들겠구나" 라든가 그 사람이 까다로울 수밖에 없었던 원인을 이 해해 주고 공감해 주면 싸움을 피할 수 있어.

 내가 옳은데도 싸움을 피해야 하나요?

 당연하지. 상대방이 뭔가에 화가 나 있고 그것을 나에 게 터뜨리려고 도발해 왔는데 그런 사람과 말다툼을 하 는 건 시간을 낭비하고 감정을 소비하는 짓일 뿐이야.

 말다툼을 피해야 하는 이유가 그거군요.

 맞아. 말다툼을 피하면 나에게도 도움이 된단다. 참으 면 얻을 수 있는 수많은 것들이 있지. 평화로움, 시간 절약, 쓸데없는 노력이나 감정 낭비 방지 등등. 대개 참지 못하고 말다툼을 벌이는 사람은 이러한 이로움 을 알지 못해서야.

성경에서 왼뺨을 맞으면 오른뺨을 내놓으라는 말이 그런 건가요?

 그렇지. 같이 뺨을 때리면 싸움은 끝도 없이 이어져. 말도 마찬가지야. 가장 현명한 말다툼은 말다툼을 하지 않는 거야.

 하지만 일을 하다 보면 책임을 물어야 할 일이 있잖아요?

 그럴 때는 이성적으로 대처해야 하지. 일단 무례한 사람과는 싸울 필요가 없어. 그리고 상대방의 이름을 확인하거나 일하는 곳이 어디인지 알아 두는 게 중요해. 그리고 세 번째로는 나에게는 어떤 권리가 있는지 말해주고, 네 번째로 그래도 해결이 되지 않으면 더 높은 사람이나 선생님 혹은 책임자를 만나겠다고 말하는 게 좋아. 그러면 상대방은 대개 흥분을 가라앉히지.

 말다툼은 무조건 나쁜 건가요?

 아니, 그렇진 않아. 언쟁이 필요할 때도 있지. 하지만 불필요한 싸움은 나에게 이익될 게 없으니 최대한 상대를 이해하는 마음을 가지라는 거야. 누군가를 이해하는 것은 그보다 우위에 있다는 뜻이야. 위에 있는 사람이 되면 아래 있는 사람과 싸울 일이 없지. 나에게 상처를 줬다고 똑같이 상처를 주는 건 올바른 해결 방법이 아니야. 말다툼할 일이 생기면 아무것도 아니라는 생각을 해 보는 건 어떨까! 링컨 대통령도 이렇게 말했어. "내가 적을 없애는 방법은 그를 친구로 만드는 것이다."

몸싸움할 때도 내 힘보다는 상대방의 힘을 이용하는 게 유리해요.

유도에서도 가장 큰 한판승은 상대방이 밀고 들어올 때 그 힘을 이용해서 따내지. 말다툼도 마찬가지야. 괜한 곳에 힘을 쓸 필요가 없어. 화내지 말고 상황을 분명하게 정리해 주면 오히려 다툼이 줄어들지. 대개는 지나간 일이나 이미 벌어진 일 때문에 사람들은 말다툼을 한단다. 해결할 수 없는 걸 가지고 분풀이할 필요가 뭐가 있겠니?

유머를 사용하는 건 어때요?

유머로 난관을 헤쳐 나갈 수 있다면 제일 좋지.

 아예 말을 안 해 버리는 건 어때요?

 상대방이 나에게 비난을 퍼부을 때 나도 그대로 되돌려 주고 싶지만 잠깐 참을 수 있다면 그렇게 하는 것도 좋은 방법이지.

 그럴 때 좋은 방법이 있나요?

 아래와 같은 방법들이 있지.

1. 일단 나오려는 말을 꿀꺽 삼킨다.

감정을 누그러뜨리고 화를 참는 거야. 악감정을 가지고 내뱉은 말은 다시 나에게 돌아오거든. 그런 감정 상태로 말을 하면 욕설이나 혹은 타인을 감정적으로 굴복시키려고 하는 비이성적인 말을 하게 돼. 그때 나오려는 말을 꿀꺽 삼키면 화가 누그러지고 이성적인 언쟁의 키를 내가 쥘 수 있게 되지.

2. 말하기 전에 두 번 세 번 생각한다.

말을 하기 전에 어떤 일이 벌어질까를 두 번 세 번 생각하면 그 말을 꼭 해야 할지 말아야 할지 판단이 돼. 그리고 생각하는 동안 흥분이 가라앉고 상대방도 흥분이 가라앉아서 말다툼이 일어나지 않을 수 있지.

3. 길게 끌지 않고 침묵하는 것이 가장 좋다.

대화하다가 진전이 없으면 "그래서 나보고 어쩌라는 거냐"라며 입을 닫아 버리는 거야. 그러면 상대방이 별 반응을 못 하게 되니 싸움이 잦아들게 되지. 침묵은 말보다 더 큰 설득력을 가지고 있어. 말로 상대방을 이기려 하기보다는 입을 다묾으로써 상대방도 생각을 하게 되고, 흥분이 가라앉으면서 냉정함을 되찾을 수 있단다.

靑山兮要我以無語(청산혜요아이무어)

청산은 나를 보고 말없이 살라 하고

蒼空兮要我以無垢(창공혜요아이무구)

창공은 나를 보고 티 없이 살라 하네

聊無愛而無憎兮(료무애이무증혜)

사랑도 벗어 놓고 미움도 벗어 놓고

如水如風而終我(여수여풍이종아)

물같이 바람같이 살다가 가라 하네

고려 말의 고승 나옹선사가 지은 고시다. 인간도 이 땅의 물처럼 흘러가는 존재니 서로에게 상처 주고 상처 입으며 마음을 더럽히며 살지 말라는 뜻이다.

스피치 훈련

1. 다음과 같이 공격하는 사람에게는 어떻게 하는 것이 좋을까? 상대
   방과의 불필요한 싸움을 피할 방법으로 어떤 대화를 이끌어내는
   것이 좋을지 상대방의 말에 대한 답변을 써 보자.

   넌 정말 재수가 없어!
   ⇨
   _____

   _____

   네 방은 왜 이렇게 지저분한 거야? 돼지우리가 따로 없다.
   ⇨
   _____

   _____

   더럽고 치사해서 정말 봐 줄 수가 없네.
   ⇨
   _____

   _____

   넌 사람이 왜 그 모양이니?
   ⇨
   _____

2. 다음과 같은 언쟁이 발생할 수 있는 상황에서 나는 어떻게 대처하는 게 좋을지 적어 보자.

네가 약속에 안 나오는 바람에 땡볕에 30분이나 서 있었어.

⇨

_____

_____

_____

_____

너 때문에 준비물을 빼먹고 와서 집에 뛰어갔다 왔단 말이야.

⇨

_____

_____

_____

_____

 우리 고양이들도 고만고만한 녀석들끼리 우열을 가리기 위해 끊임없이 싸우지. 월등한 내공을 가진 고양이는 절대 싸우지 않아.

14
대화하기

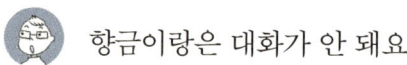

향금이랑은 대화가 안 돼요.

누가 할 소리를 누가 하고 있어?

애들아, 다투지 마라. 대화를 하지 못해서 이렇게 다툼이 일어나는 거란다.

대화는 아주 쉬운 거 아니에요?

대화는 두 사람 이상이 만나서 서로 말을 주고받는 것이지. 공적인 것과 사적인 것을 포함해서 때와 장소를 가리지 않고 서로 이야기하는 것은 모두 대화라고 할 수 있어. 대화는 우리가 살아가는 데 있어서 매우 중요한 역할을 해.

맞아요. 대화를 해야 친해질 수 있거든요.

 따뜻한 인간관계도 대화로부터 시작하지. 그뿐만 아니라 대화를 통해서 우리는 정보를 교환하고 새로운 지식을 얻을 수 있단다. 몰랐던 것을 좀 더 분명히 알게 되기도 하고, 알고 있었던 것에 새로운 것을 더할 수도 있지.

 대화를 많이 나눌수록 친하게 지낼 수 있고 더 많은 정보를 공유할 수 있는 것 같아요.

 대화에는 사상이나 감정을 실을 수도 있어. 대화가 점점 커져서 여론이 되는 거야. 이 여론이 의사결정을 하는 힘을 갖게 되지. 몰랐던 사람을 알게 되고, 타인을 이해할 수 있게 돼. 그렇게 되면 우리의 삶도 좀 더 풍부해지고 높은 인격을 갖추는 데 도움을 받을 수 있어.

 대화할 때 유의할 점이 있나요?

 대화할 때도 몇 가지 유의해야 할 점이 있지.

1. 서로 같은 관심사를 이야기할 수 있어야 한다.

서로 다른 이야기를 떠든다면 그것은 대화라 할 수 없어. 처음에는 날씨라든가 건강, 상대방의 장점이나 취미, 이런 것들로부터 시작해 깊이 있고 의미 있는 대화로 진전시킬 수 있지.

2. 진지한 태도로 대화에 임해야 한다.

가볍게, 쉽고 편안하게만 할 수 없는 것이 대화야. 가벼운 태도로 대하는 건 상대방에 대한 예의가 아닐 뿐 아니라 나 자신도 어리석어지는 결과가 돼. 아까운 시간을 낭비하면서 쓸데없는 이야기만 나누는 셈이 되기 때문이야.

3. 신뢰하는 마음으로 거짓 없는 내용을 소재로 삼아 대화해야 한다.

진실이 바탕에 깔린 대화야말로 이 세상 무엇과도 바꿀 수 없는 소중한 것이야. 사람을 사귈 수 있는 지름길이기도 하지.

 그럼 화제는 어떻게 정하나요?

 대화를 잘하기 위해서는 화제를 잘 선택해야 해. 아무리 상대방과 즐거운 대화를 나누고 싶어도 화제가 빈곤하면 이야기가 오래 이어지기 힘들지.

화제는 어떻게 정하나요?

 우선 대화 상대가 관심을 가져야 하겠지. 일상생활에서 공통의 관심사를 찾아 이야깃거리로 정해야 해. 화제로 정하면 좋은 것들은 다음과 같아.

애니메이션, 게임, 소풍, 놀이공원, 컴퓨터, 책, 방학 등

그렇다고 자기가 좋아하는 이야기만 고집해서도 안 되고 양보하며 서로가 관심 있는 이야깃거리에 집중하고 나서 다른 관심사에 대해서도 이야기할 수 있어야 해. 그렇게 하다 보면 자연스럽게 이야기가 이어질 수 있어.

 또 주의해야 할 건 없나요?

 듣는 이의 흥미나 관심에 맞출 줄도 알아야 해. 대화를 나누는 장소나 분위기, 상대방의 성격, 나이 등을 생각하며 이야깃거리를 골라야 하는 건 물론이야. 거기에 덧붙여 듣는 이의 기분을 상하게 할 만한 내용은 될 수 있으면 빼는 게 좋지.

"이 녀석아. 노력해서 안 되는 게 어디 있냐? 나는 오른손
이 안 되어서 왼손으로 글을 썼어. 이제 왼손이 안 되면 입으로
하는 거야. 입으로 하다 또 안 되면 온몸으로 할 거다. 허허허!"

그 이야길 듣는 순간 재석은 감당할 수 없는 감동에 어찌
할 바를 몰랐다. 부라퀴가 이렇게 몸이 불편한데도 어떤 고난
에도 굴하지 않고 삶에 집착을 보이는데, 아직 어리고 사지 멀
쩡한 자신은 나약한 모습으로 살아가고 있었기 때문이다.

"할아버지! 저, 정말······."

뭔가 말을 해야 할 것 같은데 할 말이 생각나지 않았다.

"이 녀석, 너 담배는 끊었냐?"

"네?"

"못된 짓은 안 하지?"

그 말을 듣는 순간 자신의 고민이 떠올랐다. 이렇게 착한
여자친구와 부라퀴의 인간적인 가르침이 있는데도 자신은 아
직 결단을 내리지 못하고 있는 것이다.

"할아버지, 죄송해요. 사실은······."

"사실은 뭐?"

"제가 서클을 나와야지 나와야지 하면서도 무서워서 나올
수가 없어요."

"무섭다니?"

"한번 들어가면 나오질 못해요."

부라퀴는 재석의 이야기를 들었다. 중학교 때부터 친구들에게 기죽기 싫어서 주먹을 휘둘렀고, 주먹이 세다는 소문이나 폭력서클의 유혹에 벗어나지 못하고 덜컥 가입한 이야기였다.

다 듣고 뭔가를 곰곰이 생각한 부라퀴는 입을 열었다.

"재석아, 결자해지(結者解之)라는 말이 있다."

"네?"

"끈을 묶은 자가 스스로 풀어야 한다는 말이야. 네가 스스로 가입했으면 네가 스스로 나와야 돼. 누구도 그걸 대신 해결할 수 없다."

"……."

"네 어머니를 생각해봐라. 너 하나만 보고 사는데 네가 은혜를 갚지 못하면 사람이 아니다."

"……."

―《까칠한 재석이가 사라졌다》중에서

재석이가 진지한 태도로 대화를 청하자 브라퀴 역시 문제를 해결할 수 있도록 지혜로운 말을 해 주는 진솔한 대화 장면이다.

1. 내 지인들의 관심사가 무엇인지 대화를 나눈 뒤 적어 보자.

   아빠

   ⇨

   _____

   엄마

   ⇨

   _____

   동생

   ⇨

   _____

   선생님

   ⇨

   _____

   친구

   ⇨

   _____

   _____

   _____

2. 상대가 다음과 같이 말을 걸어왔다. 상대방에게 신뢰감을 주기 위해서는 어떻게 대답하면 좋을지 적어 보자.

선생님: 너 요즘 수업 시간에 멍하니 딴생각만 하는 것 같아.

⇨

_____

_____

_____

_____

엄마: 학교에서 무슨 일 있었니?

⇨

_____

_____

_____

_____

친구: 나 학원 가기 싫어!

⇨

_____

_____

_____

할머니: 맛있는 거 해줄까?

⇨

_____

_____

_____

 사람의 삶은 한 권의 역사책이나 다름없다고 생각해. 누가 되었든 진지한 대화를 받아줄 소재는 분명히 있다고. 거기에 맞춰서 대화해 나갈 수 있는 사람이 진정한 능력자지.

15
토의와 토론하기

 학교 방송국 아이들과 의견 조정이 안 돼요.

 문제가 뭔지 토론해 봐.

 토론, 토의 그런 걸로 도움이 될까?

 많은 사람이 모여 사는 세상이기 때문에 사람들 의견은 다 다를 수밖에 없어. 그럴 때 사람들 생각을 하나로 모으는 방법이 바로 토의야. 토의를 통해서 상대의 의견을 알게 되고 내 생각을 전달하면서 일치시켜 나아가는 거지. 이야기를 나누다 보면 어떤 방법이 더 좋은지 알게 되니까 말이야.

 토의한다고 다 해결되나요?

대립된 의견을 통합시키기 위해 구성원이 각자의 의견을 제시하고, 옳고 그름을 논의하는 과정이 토의지. 그러기 위해서는 참가자들이 의견, 사실, 정보, 지식 등을 서로 교환해야 해. 토의는 의견 통일을 위한 하나의 수단이란다. 대립된 의견과 맞서는 과정에서 논리적 모순을 발견해 각자의 의견을 보강하는 효과를 얻을 수 있지.

 결과는 다수결로 정하게 되나요?

 토의는 다수결로 정하거나 논쟁을 벌여 누가 이기는가를 정하는 것이 아니야. 토론과 혼동하지 말아야 해. 그래서 소수의 주장도 존중되어야 해. 공정한 발언 기회가 주어짐으로써 참여한 사람들의 지혜를 총동원하는 자리야. 원탁의 기사들이 대화를 나눈 방식이 토의라 할 수 있어.

 토론은 토의와 어떻게 달라요?

 '토의(討議)'는 어떤 문제에 대하여 검토하고 협의하는 거야. 부담 없이 편안하게 이야기하는 거지. 예를 들어 연예기획사에서 소속 가수를 널리 알리기 위해서 토의하자고 하면서 블로그를 만든다, 팬 미팅을 한다 같은 의견을 자유롭게 내는 것과 같은 거지.

반면에 '토론(討論)'은 어떤 문제에 대하여 다른 의견을 들어보고 설득하는 거야. 소속 가수가 중국에 진출할 건지 한국 음반 활동에만 집중할 건지를 놓고 결정하기 위한 대화는 토론이 되는 거지. 서로 다른 주장을 가지고 있는 사람들이 자기의 주장을 펼쳐 상대방을 설득하는 것이 목적이야. 토론은 토의보다 좀 더 발전된 형태여서 문제의 본질을 끝까지 따지는 거야. 다시 말하자면 토의를 통해 문제 해결 방법을 채택하고, 토론을 통해 찬성과 반대를 결정하지.

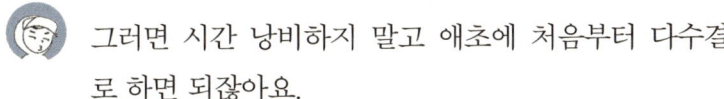 그러면 시간 낭비하지 말고 애초에 처음부터 다수결로 하면 되잖아요.

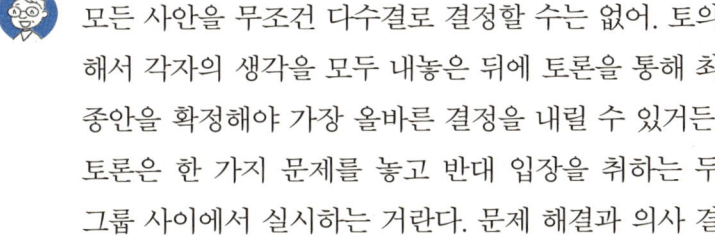 모든 사안을 무조건 다수결로 결정할 수는 없어. 토의해서 각자의 생각을 모두 내놓은 뒤에 토론을 통해 최종안을 확정해야 가장 올바른 결정을 내릴 수 있거든. 토론은 한 가지 문제를 놓고 반대 입장을 취하는 두 그룹 사이에서 실시하는 거란다. 문제 해결과 의사 결정, 그리고 진리 탐구가 토론의 목적이기 때문이지.

아서왕 전설에는 원탁이 나온다. 이 원탁은 카멜리아드의 왕 레오데그란스가 딸 기니비아와 아서가 결혼할 때 100명의 기사와 함께 아서에게 선물로 준 것이다.

이 원탁은 150명의 기사가 둘러앉을 수 있도록 설계되어 있다. 원탁은 계급에 따라 순서대로 앉음으로써 차별을 두는 긴 사각 탁자와는 달리 상하 구별이 없는 평등성을 상징한다. 원탁은 매우 혁신적인 아이디어로 긴 탁자에서 회의할 때보다 사람들과의 거리를 좁혀 사안을 빠르고 효과적으로 결정할 수 있다. 아서왕은 원탁을 이용하여 기사들로부터 대화와 아이디어를 효과적으로 끌어냈고, 지구상에서 가장 뛰어난 조직인 원탁의 기사단을 탄생시켰다.

이 원탁의 기사단에는 용감한 기사들이 많았다. 그들은 함께 식사하면서 자신의 무용담과 사랑, 왕에 대한 충성을 허심탄회하게 나눴다. 오늘날에도 원탁은 권위주의를 배척하고 평등하게 대화하고 토론하는 곳이라는 상징적 의미로 쓰이고 있다.

1. 다음 사안에 대해 토의를 한다면 어떤 의견이 나올 수 있을까?

친한 친구들끼리 크리스마스에 재미있게 놀 수 있는 방법

⇨

_____

_____

_____

_____

우리 가정이 좀 더 화목해지기 위한 방법

⇨

_____

_____

_____

_____

2. 다음 토론 주제에 대해 찬성과 반대의 주장을 해 보자.

중고등학교에서 교복 입는 것을 폐지해야 한다.

찬성:

_____

_____

반대:

_____

_____

말 안 듣는 학생에게 최소한의 체벌은 필요하다.

찬성:

_____

_____

반대:

_____

_____

3. 토론엔 논거가 필요하다. 다음 중 주제를 하나 정해 3분 말하기 원
고를 작성해 보자.

사형제는 폐지되어야 한다.

장애인 주차장에 차를 주차해서는 안 된다.

비행기를 탈 때 칼이나 무기를 가지고 타면 안 된다.

⇨

_____

_____

_____

_____

_____

_____

_____

 다수결은 무조건 투표만 하면 되는 민주적 절차인 줄 아는데 투표는 이렇게 토의
와 토론을 거친 후의 최종 수단이라고. 많은 토의와 토론 끝에 최후로 결정하는 게
다수결이라는 거 잊지 마.

새를 잡으려면 몇 가지 분명히 해야 할 것이 있다. 왜 새를 잡으려는지, 잡는다면 어떤 새를 몇 마리 잡을 것인지. 그런 준비를 다 마치면 이제 가장 중요한 것이 남는다. 어떻게 잡을 것인지다.

말하기에 있어서도 가장 중요한 것이 어떻게 말할까다. 같은 말이어도 오해를 살 수 있고 대접을 받기도 한다. 그때그때 다른 말하기 방법, 이것을 잘 익혀야만 말하기 능력은 빛을 발한다. 방법을 안다면 지구를 들 수도 있고 천하를 얻을 수도 있다.

1
타인에게 말 걸기

박사님, 제가 학교에 가거나 학원에 갈 때면 남자애들이 무작정 쫓아와서 번호를 달래요.

어떤 녀석이야?

나도 그런데. 호호!

그런데 정말 짜증이 나요. 무작정 번호를 달라고 그러면서 비실비실 말도 못 거는 걸 보면 얘네들이 이래서 나중에 사회생활이나 제대로 할까 싶어요.

아이들이 처음에 상대방에게 어떻게 접근해야 하는지 배우지 못해서 그래. 말을 잘하려면 먼저 말을 터야 하는데 그 방법을 제대로 배우지 못했기 때문이지.

야, 친구 하자. 이렇게 말하는 건 안 좋은 건가요?

 다짜고짜 그렇게 말하는 건 상대방을 움직이게 만들 수 없지. 먼저 말을 걸 때는 부담 없는 이야기로 실마리를 풀어나가야 해.

 예를 들면 어떻게 해야 하나요?

 처음 만났는데도 오래 알고 지낸 것처럼 편안해지기 위해서는 많은 노력을 해야 해. 처음 보는 사람과도 금세 친해진다면 그 사람은 언제 어디서든 환영받겠지. 처음 만나는 사람과 말을 섞기 어렵다면 사회생활을 하는 것도 힘들 거야.

 맞아요.

 제일 쉬운 방법은 먼저 혈연이나 지연에 대해 따져보는 거지. 친척이 아는 사람이거나 같은 동네 혹은 같은 학교를 나왔다면 아주 쉽게 말문을 열 수 있으니까. 너희 같은 경우 초등학교나 중학교, 고등학교 같은 걸 확인하는 것이 제일 쉽겠지.

아, 그렇군요. 그럼 저도 학교 어디 나왔나 따져봐야겠어요.

 혈연도 그런 식으로 이용할 수 있단다. 대학생 형을 만나면 "우리 아버지나 친척 누가 그 대학 나오셨습니다." 그러면 그 대학과 관련된 사람들은 "아, 그래요?" 하고 반가워하겠지. 출신 학교라든가 출신 지방을 먼저 이야기하면 범위가 워낙 넓기 때문에 누구든 마음을 쉽게 열 수 있어.

 다른 방법은 없나요.

 보담이에게 접근하는 남학생이 많다고 했는데, 나라면 외모를 칭찬했을 것 같아. 왜냐하면 사람들은 누구나 외모를 칭찬하면 좋아하거든. 자연스럽게 이렇게 말하는 거지. "우리 누나랑 정말 많이 닮았어.", "탤런트 누구하고 닮은 것 같아요." 이러면 보담이 기분이 어떨까?

 그리 나쁘지는 않을 거 같네요. 말 거는 것도 머리를 써야 되는 거군요.

 그럼. 빨리 친해지려면 어떻게든 상대방과의 공통점을

찾아야 해. 예를 들면 날씨 얘기도 좋지. "오늘 날씨 참 좋네요" 같은 말로 말문을 트는 거야. 다음과 같은 소재로 대화를 시작하면 사람들과 쉽게 대화를 나눌 수 있단다.

날씨
혈연
지연
학연
외모
행동
음식
애완견
교통상황

"오늘 공기 참 탁하네요. 서울에는 자동차가 많아서 미세 먼지도 많죠?"

"전 서울에 가본 적도 없는데요!"

"아, 그러세요? 전 또 입고 있는 티셔츠에 아이러브 서울 이라고 쓰여 있어서요."

"어머, 호호호! 재미있는 분이시네요."

"티셔츠가 너무 잘 어울리셔서 전 서울 토박이인 줄 알았어요."

비행기 안에서 만난 낯선 사람에게 말을 거는 장면이다. 상대방이 입고 있는 티셔츠를 보고 날씨 이야기로 시작해서 대화를 이어가는 모습이다.

1. 다음과 같은 상황에서 상대방에게 말을 걸 때 어떻게 접근하면 좋
   을지 말해 보자.

   무거운 짐을 양손에 들고 비틀거리며 가는 사람

   ⇨

   _____

   _____

   커다란 개 래브라도 리트리버를 끌고 공원을 걷는 여인

   ⇨

   _____

   _____

   부산 가는 KTX에서 만난 옆자리 승객

   ⇨

   _____

   _____

   교복을 몸에 딱 달라붙게 입은 고교생

   ⇨

   _____

2. 작은 회사를 운영하는 고등학교 선배에게 찾아가 학교 축제 스폰서를 부탁하려 한다. 뭐라고 말하면 좋을지 상황을 정리해 얘기해 보자.

⇨

_____

_____

_____

3. 오랜만에 동창생을 모임에서 만났는데 그 친구는 나를 못 알아보는 것 같다. 어떻게 말을 걸면 좋을까?

⇨

_____

_____

_____

_____

 우리 고양이들도 다른 고양이에게 먼저 다가갈 때는 상대방의 기분을 맞추고 세심하게 배려하지. 새로운 인연을 맺는 건 새로운 역사가 시작되는 거라고.

2
대화에 즐겁게 참여하기

저는 아이들과의 대화에 쉽게 끼어들지 못하고 즐겁게 참여하지 못하는 것 같아요. 옛날에 애들을 너무 많이 괴롭혀서 그런 걸까요?

즐거운 대화는 웃음이 있는 대화야. 유머가 있는 대화는 누구와 얘기하든, 어떤 자리에서든 즐겁기 마련이지.

나처럼 유머가 있어야지 인기가 좋은 거야.

기분 좋은 유머 한 마디 정도 할 수 있다면 대화에서 주도권을 잡을 수 있어. 유머는 사람의 마음을 쉽게 열어주기 때문에 서로 친해질 수 있지. 너무 심각한 얘기만 하지 말고 이따금 재미있는 유머를 섞어 대화하는 것이 좋아.

유머는 재능 있는 아이들 몫 아닌가요?

 유머를 구사하기 위해서도 풍부한 자료수집과 피나는 노력이 요구되지. 남들이 재미있는 이야기를 할 때 잘 기억해 두거나 메모하는 습관도 필요해. 인터넷에 접속해 우스갯소리를 찾아보는 것도 좋은 방법이야.

 하지만 잘못 쓰면 썰렁해요. 아재 개그가 돼 버리거든요.

 그렇지. 주의할 점은 너무 천박하거나 한참 설명을 들어야만 알 수 있는 유머는 피하는 것이 좋아. 그런 유머는 분위기를 살리는 것이 아니라 오히려 분위기를 망치고 말지.

 그밖에 또 뭐가 있죠?

 대화하는 데도 요령이 필요해. 듣는 사람은 처음에는 말하는 이에게 관심을 보이지. 하지만 이런 관심이 끝까지 지속되지는 않거든. 기대를 하고 듣다가 별로 재미가 없으면 바로 다른 것에 관심을 갖기 때문이야. 그렇기 때문에 어떻게 말하느냐에 따라 관심이 지속되기도 하고 사라지기도 하지. 듣는 이의 관심을 계속 유지시키려면 결론에 대한 기대감을 심어주는 것이 좋아. 이야기를 들으면 들을수록 깊이 빠져들게 하는 것이 중요해. 처음부터 너무 많은 정보를 제공해서도 안 돼.

 테크닉이 필요하군요.

 듣는 이의 태도나 표정 등으로 반응을 살펴 가며 지루해하는 것 같으면 재빨리 말하기 방법을 바꿔 주는 것도 좋아. 목소리, 말투, 말의 빠르기 등에 변화를 주어 주의를 집중시키거나, 재미있는 말이나 제스처로 웃음을 자아내어 지루함을 달래줄 필요도 있지. 앞의 내용을 간추려 말함으로써 주요 내용만 기억하게 하고, 친근한 예를 들어가며 이야기하는 것도 좋은 방법이야.

 듣는 이의 반응은 어떻게 알 수 있죠?

 몸짓, 표정, 태도 등을 살피는 거지. 술렁이거나 시선이 다른 데 있거나 졸거나 하면 듣는 이가 이야기에 별로 관심이 없다는 뜻이야. 그럴 때는 내가 하는 말의 내용이 중복되지는 않았는가, 목소리의 크기, 말투, 움직임, 전달 방법 등에 문제는 없는가 등을 살펴서 말하기 방법을 조절해야 해.

그래도 대화하는 건 어려워요. 요령을 알려주세요.

 다음과 같은 방법을 쓰면 아주 자연스럽지.

1. 무작정 대화에 끼기보단 대화의 주제를 잘 듣고 파악하자.
2. 감정을 교류할 수 있는 말로 시작한다.
   예: 이런 분위기 너무 칙칙하지 않냐?
3. 예, 아니오로 쉽게 대답할 수 있는 질문을 한다.
   예: 너 신고 있는 그 운동화 ＊＊ 마트에서 샀지?
4. 심각하지 않으면서도 부담 없이 대답할 수 있는 소재로 대화를 이어간다.
   예: 여행, 취미, 자연, 유행, 지혜, 생활상식, 친구, 가족, 학교, 운동, 시사, 패션, 옷차림, 먹거리, 맛집, 사는 곳 등

"얘들아, 무슨 얘기 해?"

"응. 이번 기말고사 얘기하고 있어. 공부가 너무 안 돼."

"나도 그래. 그런데 우리 형네 학교에 붙어 있는 글귀 정말 재미있어."

"그게 뭔데?"

"벽에 이런 게 붙어 있대. 1, 2, 3등급은 치킨 시키고, 4, 5, 6등급은 치킨 튀긴대."

"공부를 어떻게 하느냐에 따라 신분이 바뀐다는 거네. 그럼 나머지 등급은 뭐하냐?"

"나머지 7, 8, 9등급은 치킨 배달한대."

"뭐? 하하하!"

"우스갯소리지만 우리 사회가 성적 위주로 청소년의 운명을 결정한다는 걸 단적으로 보여주고 있군."

"그러네."

1. 내가 알고 있는 재미있는 이야기를 친구들에게 말해 주는 연습을 해 보자.

⇨

---

2. 아래의 대화 소재에 어울리는 유머를 구사해 보자.

맛집에 대한 이야기

⇨

중간고사 성적에 대한 이야기

⇨

이성 친구에 관한 이야기

⇨

_____

_____

_____

학교생활에 관한 유머

⇨

_____

_____

_____

취미 생활과 관련된 유머

⇨

_____

_____

 고양이들도 다양한 언어를 구사하지. 소리는 물론이고 털을 세운다든가 꼬리를 내리는 식으로 다양하게 의사소통을 한다고.

3
바른 자세로 말하기

 어떻게 말하는 것이 효과적일까요?

 효과라는 것은 최소한의 노력으로 최대한의 결과를 얻는 것을 뜻하지. 세상은 여러 사람들과 함께 어울려 사는 곳이야. 그렇기 때문에 자기 생각과 뜻을 다른 사람에게 분명히 전달하여야만 사회생활을 원만하게 할 수 있어.

 효과적으로 말하는 건 너무 어려워요. 똑같은 말인데도 어떤 사람은 한참을 얘기해도 무슨 말을 하는 건지 모르겠고, 또 어떤 사람은 간단하게 몇 마디 말로도 그 뜻을 전달하더라고요.

 효과적으로 말을 하게 되면 시간이 절약되고 뜻하는

바를 정확히 전달할 수 있어. 그러려면 듣는 이의 관심과 흥미를 유도해야 해. 재미없는 이야기만 하는 것보다는 관심을 끌 수 있는 흥미로운 이야기를 해주는 것이 좋지. 효과적으로 말하기 위해선 다음과 같은 다섯 가지 요건이 필요해.

성실성 — 말하는 사람이 믿음직스럽게 말하는 것
직접성 — 얼굴을 맞대고 이야기를 나누는 것
명료성 — 분명하게 내용을 전달하는 것
주목성 — 이야기를 할 때 시선을 끄는 것
유용성 — 이야기의 소재나 주제가 쓸모 있는 것

 와, 이렇게 말하면 누구나 말 잘한다고 칭찬할 것 같아요.

 여기에 바른 자세까지 더하면 더할 나위 없지. 바른 자세를 갖춰야 바른말 하기를 할 수 있기 때문이야.

1. 자세를 똑바로 취한다.
2. 온화하고 여유 있는 마음가짐을 갖는다.
3. 이야기하는 장소와 환경에 따라 민첩한 반응을 보인다.

 세 번째 건 잘 모르겠어요.

사람들이 자기 얘기에 귀를 기울이는지 안 기울이는지 신경도 쓰지 않고 자기 이야기만 떠드는 둔감한 사람은 말하기를 잘한다고 할 수 없어. 청중들의 반응에 민첩하게 행동하면 더욱더 신뢰감을 얻을 수 있거든.

 옷을 예쁘게 입는 것도 좋은 태도인가요?

 그럼. 이야기를 듣는 사람들은 말하는 사람의 용모나 태도, 옷 입는 것들을 가지고 그의 능력과 사회적인 위치, 지식 정도를 파악하는 경향이 있어. 하지만 너무 외모에만 민감할 필요는 없어. 정감 어리고 부드러운 태도로 정성껏 이야기하면 당연히 좋은 반응을 얻을 수 있을 거야.

 보조 자료는요?

 적당한 보조 자료나 지도, 도표, 일람표, 사진 등을 준비하면 좋지.

 저는 자꾸 먼 산을 보게 돼요. 어떤 태도로 말해야 하죠?

 다음과 같은 행동에 유의해야 해.

1. 먼 산을 보지 않는다.
2. 대화하듯 자연스럽게 눈 맞춤을 한다.
3. 고개를 숙이지 않는다.
4. 두 다리를 곧게 펴고 자연스럽고 편한 자세로 선다.
5. 혀로 입술을 자꾸 축이지 않는다.
6. 지나친 손놀림은 자제한다.
7. 옷이나 물건을 자주 만지지 않는다.

 그게 하루아침에 되나요?

 연습이 필요하지. 바른 자세를 갖추려면 거울 앞에 서서 말하는 연습을 하는 게 좋아. 자기 모습을 살펴볼 수 있어서 태도를 교정할 수 있기 때문이야.

 거울을 보면서 하면 가장 멋진 자세도 잡을 수 있겠어요.

 거울 앞에서 동작을 취해보면서 가장 보기 좋은 자세가 어떤 것인지 연습해 봐. 자연스러운 몸동작이 이루어지도록 다양한 자세도 취해 보고. 그 가운데서 가장 편안하면서도 보기 좋은 자세를 찾아낼 수 있을 거야.

 저는 오늘 학교 방송국 피디 오빠한테 말하는 자세가

나쁘다고 혼났어요.

 도대체 어떤 녀석이 그런 소리를 해?

 신체는 말을 할 때도 중요한 역할을 한단다. 바른 자세에서 바른말 하기가 나온다는 뜻이지. 바른 자세를 갖추고 이야기하면 듣는 사람에게 확고한 신념과 태도를 가졌다고 보여질 수 있어. 그러면 이야기가 더욱더 신뢰감을 얻게 되지. 청중들은 말하는 사람의 용모나 태도, 또는 옷 입는 것도 정보라고 생각하고 그의 말을 받아들이거든.

 리포터를 하다 보면 청중들이 어떻게 생각할지 걱정돼요.

 청중의 반응에 지나치게 민감하게 반응할 필요는 없어. 바른 자세로 정감 어리게, 부드럽고 친절하게 그리고 정성껏 말하면 누구나 좋은 반응을 보이지. 거기에 적당한 동작을 추가해 주면 돼.

 바른 자세로 말하라면서 동작을 취하라고요?

말하고 듣는 것은 입과 귀로 하지만 시각적인 몸동작이 더해지면 더 강한 인상을 줄 수 있거든. 그렇게 바른 자세와 적절한 동작을 하면 듣는 사람들은 긴장이 풀리고 심리적으로 편안해질 수 있어.

 말하는 게 괴로우면 어쩌죠?

 말할 때는 항상 즐거운 태도로 이야기해야 해. 천장을 본다거나 바닥을 내려다보는 행동 혹은 청중의 머리 위를 보는 행동은 좋지 않아. 고르게 시선을 분산시키면서 상대방에게 이야기하고 있다는 느낌이 들도록 해야 해. 꾸물댄다거나 안절부절못하는 행동 역시 좋지 않아.

 오늘 피디 오빠가 왜 야단쳤는지 알겠어요. 제 자세가 나빴네요.

 바른 자세로 이야기한다면 청중들에게 내 메시지가 훨씬 설득력 있게 전달될 거야.

그리스 시대의 웅변가 데모스테네스(Demosthenes)는 말을 할 때마다 어깨를 움찔움찔하는 못된 버릇이 있었다. 아무리 좋은 내용을 이야기해도 어깨를 움찔거리면 사람들이 거기에 집중하면서 웃음보가 터졌다. 데모스테네스는 이 버릇을 바로 잡기로 했다. 비좁은 연단에 올라선 그는 어깨 위에 예리한 칼날이 닿을 듯 말듯하게 매달아 놓았다. 어깨를 움찔거렸다는 사정없이 찔리도록 해 놓은 것이다. 연설을 할 때 자기도 모르게 어깨가 움직여 칼에 찔린 적도 여러 번 있었다.

하지만 그는 그렇게 여러 번 찔린 뒤에야 비로소 어깨를 움찔거리는 버릇을 고쳤다고 한다. 말을 잘하는 사람은 호소력 있는 표현과 음성, 그리고 늠름한 자세와 멋진 제스처로 사람들을 사로잡아야 한다. 바른 자세로 말하는 것은 말하기의 기본이라 할 수 있다.

스피치 훈련

1. 거울 앞에 서서 자신의 얼굴을 보며 말하기 연습을 해 보자.

바른 자세로 다음 문장을 말해 보자.

🔊 사람이 살아가려면 양식을 먹어야 합니다. 그런데 양식에는 두 가지가 있습니다. 매일 생활하고 움직이기 위해서 먹는 양식은 물질적 양식이라 할 수 있지요. 우리가 먹고 마시는 모든 음식물이 여기에 해당될 것입니다. 그리고 인간다운 정신을 유지하고 사람답게 살기 위해서는 마음의 양식 또한 필요합니다. 책을 읽는 것이 바로 그것입니다.

친한 친구에게 말한다고 가정해 보고 다음 문장을 말해 보자.

🔊 만일 사람이 책을 읽지 않고 물질적 양식만 먹는다면 인격을 갖추지 못한 짐승과도 같은 인간이 되고 말 거야. 인간은 완전한 존재가 아니니까. 우리가 덜 다듬어진 불완전한 사람이라고 한다면 완전히 다듬어진 사람은 인격자라 할 수 있어. 어떻게 보면 모든 사람들은 인격자가 되기 위해 노력하는 것인지도 몰라. 그렇지만 인격자가 되는 것은 참으로 힘든 일이야. 부자라고 해서 인격을 돈으로 살 수 있는 것도 아니고, 외국 유학을 갔다 온다든가 해서 공부를 많이 했다고 인격자가 되는 것도 아니니까.

다음 문장을 시선을 끌 수 있게 말해 보자.

🔊 우리가 존경하고 뒤따르려고 애쓰는 우리나라 애국
자들은 대부분 훌륭한 인격자였습니다. 일본의 이토 히
로부미(伊藤博文)를 만주의 하얼빈 역에서 암살한 안중근
의사도 독서를 통해 그런 뛰어난 인격을 갖춘 분이었습
니다. 안중근 의사는 이토 히로부미를 살해한 후 일본 경
찰에 체포되어 여순 감옥에서 6개월 동안 갇혀 있었습니
다. 일본 처지에서 본다면 위대한 애국자인 이토 히로부
미를 죽인 안중근 의사는 일본인들에게는 원수나 마찬가
지 아니겠습니까. 그렇지만 여순 감옥에서 안중근 의사를
감시했던 일본인들은 대부분 안중근 의사의 높은 인격에
큰 감동을 받았습니다. 나중에 여순 감옥의 소장을 지냈
던 일본인조차 그가 평생 만났던 인물 가운데 가장 위대
한 인물은 바로 조선의 독립운동가 안중근 선생이라고 말
할 정도였으니까요.

2. 전신 거울 앞에서 다음과 같은 자세를 취해보고 좋은 자세는 셀카로 찍어 본다.

   1. 똑바른 자세를 취한다.
   2. 온화하고 여유 있는 표정을 짓는다.
   3. 빠르지도 않고 느리지도 않게 시선을 움직여 본다.
   4. 적당한 손놀림을 해 본다.

3. 다음 강연을 들어보고 어떤 강연이었는지 느낌을 적어 보자.
   구성애 선생님의 아우성 강연
   ⇨
   _____

   _____

   _____

   _____

   _____

   _____

   _____

설민석 강사의 역사 강연

⇨

_____

_____

_____

_____

_____

_____

4. 다음과 같은 강연 프로그램을 들으며 강사들의 태도나 청중과의
   소통을 보고 배워보자.

세바시 http://www.cbs.co.kr/tv/pgm/cbs15min/

어쩌다 어른 http://program.tving.com/otvn/justhappened/

강연 100도 http://www.kbs.co.kr/1tv/sisa/lecture_live/index.html

차이나는 클라스 http://tv.jtbc.joins.com/event/pr10010461/pm10041878

 태도가 좋으면 자다가도 떡이 생겨. 바른 자세로 올바른 행동을 하면 마음도 그렇게
된다고.

4
말실수 수습하기

박사님, 저는 리포트 하다 보면 대본을 잘못 읽거나 까먹어서 실수하곤 해요. 녹화일 경우에는 괜찮지만 나중에 생방송에서도 실수할까 봐 두려워요.

생방송에서 실수하면 큰일이지.

실수를 한다는 건 준비를 잘 안 해서 아닐까요?

그렇지 않아. 아무리 많이 연습하고 준비해도 실수할 수 있다고.

사람이 하는 일이기 때문에 실수는 늘 있는 법이야. 라디오나 방송에서 실수하면 많은 사람이 보고 듣는다는 게 문제지 실수를 전혀 안 할 수는 없어.

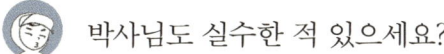 박사님도 실수한 적 있으세요?

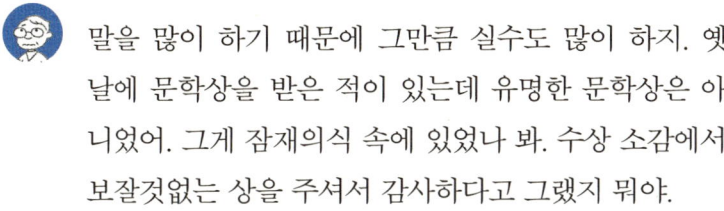 말을 많이 하기 때문에 그만큼 실수도 많이 하지. 옛날에 문학상을 받은 적이 있는데 유명한 문학상은 아니었어. 그게 잠재의식 속에 있었나 봐. 수상 소감에서 보잘것없는 상을 주셔서 감사하다고 그랬지 뭐야.

하하하! 왜 그러셨어요!

보잘것없는 나에게 이런 상을 줘서 감사하다는 말을 하려 했는데 실수한 거지. 어쩐지 이야기를 듣는 사람들 표정이 이상하더라고.

실수했을 땐 어떻게 수습해야 하나요?

내가 말하는 법을 가르쳐 준다고 해서 실수하지 않으리라고 보장할 수는 없어.

그러니까 그런 실수를 어떻게 막아야 하는데요?

실수할지도 모른다는 두려움이 실수를 만들기도 해. 그러니 우선 마음속에서 걱정을 없애야지. 무슨 일이 일어날지도 모른다고 생각하면 그대로 일어나 버리거든. 이때 필요한 것이 집중과 노력, 그리고 결단력이야.

 다른 여러 가지 이유로 실수할 수도 있잖아요?

 말을 하는데 갑자기 지붕이 무너진다거나, 이야기하고 있는데 누가 뛰어들어온다거나 하면 그런 것에 신경 쓰다가 실수할 수도 있지. 그럴 때는 빨리 사건을 수습해야 하겠지. 가장 좋은 건 있는 그대로 말하는 거야. "강연장에 나방이 날아 들어와서 제가 실수를 했습니다." 이런 식으로 설명하면 함께 있던 청중들은 이해하기 때문에 웃고 넘어가지. 말하는 사람이 실수한 게 그 사람이 부족하거나 모자라서가 아니라는 걸 알기 때문이야.

 중요한 건 실수 때문에 긴장해서 더 이상 말을 하지 못하게 되는 게 더 큰 실수인 것 같아요.

 맞아. 실수를 하더라도 하던 말은 끝까지 해야 해. 그리고 말이 끊어지면 안 돼. 실수로 인해서 내가 말하고자 했던 것을 끝까지 하지 않는다면 마치 밥을 먹다가 돌을 씹었다고 나머지 밥을 안 먹는 것과 똑같아.

그럴 때야말로 재치 있는 유머가 필요할 것 같아요.

 실수했을 때 자신을 유머의 대상으로 삼아 웃음으로 유도하면 오히려 잘 극복할 수 있지.

 웅변대회나 전교생 앞에서 실수하면 큰일인데 말예요.

 할 수 없어. 실수는 신의 영역이기 때문이야. 그럴 때는 그냥 사과하고 자신의 잘못을 인정하는 수밖에 없단다. 내가 너희에게 격언 하나 알려줄게.

구더기 무서워서 장 못 담그랴.

 그게 무슨 뜻이죠?

 메주를 떠서 장을 담그면 그 냄새 때문에 파리들이 항아리에 들어가서 구더기를 슬지. 하지만 구더기는 걷어내면 돼. 구더기 무서워서 장 못 담그지 않듯이 실수할 게 무섭다고 청중들 앞에서 말을 하지 않는 건 어리석은 짓이야.

1945년, 제2차 세계대전에서 패전한 후 독일은 서독과 동독으로 나뉘었다. 이후 동독은 끝까지 강경하게 공산주의 체제를 유지했다. 하지만 주변의 모든 동유럽 국가들이 자유화하면서 폐쇄된 정책을 유지하기가 극히 어려워졌다.

1989년 5월, 헝가리와 오스트리아 국경이 개방되자 동독 주민 1,000여 명이 헝가리로 여행을 가서는 서독으로 망명해 버린 사건이 있었다. 이 사건 이후로 동독 주민들은 다른 나라를 통해 서독 대사관이나 국경을 넘어 이동하는 일이 많아졌다. 동독 정부는 급히 국경을 폐쇄했지만 동독 주민들의 불만은 커졌다.

1989년 11월 9일, 당시 동독 공산당 서기장인 크렌츠(Egon krenz)는 당 중앙위원회에서 '여행 허가에 대한 출국 규제 완화'에 대한 법령을 발표했다. 이를 발표하게 된 대변인 샤보프스키(Günter Schabowski)는 발표문을 잘못 읽는 말실수를 하고 만다.

"동독 국민은 베를린 장벽을 포함해 모든 국경 출입소에서 출국이 인정된다."

이 내용은 중앙위원회의 승인도 받지 않았는데 샤보프스키는 착각을 해 이미 결정된 거로 생각했던 것이다. 그때 이탈리아 언론사 기자가 물었다.

"언제부터 그 시행령이 발효되는 것입니까?"

당황한 샤보프스키는 얼떨결에 대답했다.

"지체없이(sofort, unverzüglich) 발효됩니다."

　이 보도와 방송을 본 시민들은 반신반의하면서도 하나둘 베를린 장벽으로 몰려갔고 결국 그렇게 장벽은 무너지고 말았다. 이것이 작은 말실수에서 비롯된 독일 통일의 역사다.

스피치 훈련

1. 다음과 같은 상황에서 실수를 만회하기 위해서는 어떻게 해야 할
   지 생각해 보자.

   발표하려는데 ppt가 먹통이다.

   ⇨

   _____

   _____

   앞에 있는 사람 이름을 잘못 불렀다.

   ⇨

   _____

   _____

   무대로 나가다 넘어졌다.

   ⇨

   _____

   _____

   엉뚱한 말을 잘못 했다.

   ⇨

   _____

2. 많은 사람들 앞에서 다음과 같이 말해 큰 실수를 했다. 실수를 인정하고 재치 있게 사과해 보자.

머리 염색을 한 학생은 불량 학생이다.

⇨

_____

_____

_____

_____

다문화 가족 가운데서도 피부색이 하얀 나라는 좀 낫다.

⇨

_____

_____

_____

_____

 한 번의 말실수가 큰 사건을 만들기도 해. 하지만 잘만 대처하면 오히려 재치 있다는 평가를 받을 수 있지. 전화위복이라고나 할까.

전달력이 좋은
말하기의 특징

 학교에서 친구들이 발표하는 걸 듣다 보면 어떤 친구는 말소리도 잘 안 들리고 흐리멍덩하게 이야기해서 짜증이 나요.

 반대로 어떤 친구는 별것 아닌 이야기도 재미있게 말해 흥미와 관심을 끄는 경우가 있어요. 왜 그렇죠?

 그 이유는 향금이가 말한 그 친구가 전달을 잘할 줄 알기 때문이야. 전달을 잘하려면 몇 가지 주의해야 할 게 있어.

1. 말을 할 때 한 가지 목소리로 말한다.

목소리를 바꿔가며 말하는 것은 듣는 사람을 혼란스럽게 하기 때문에 좋지 않아. 발음에 유의해 가며 말하는 것은 기본이지. 그뿐만 아니라 말하는 장소나 듣는 사람의 수를 생각해서 알맞은 크기의 목소리로 말해야 해. 무조건 목소리를 크게 하는 것이 좋은 줄 아는데 그렇지 않아. 목소리를 작게 하되 목소리에 힘을 주면서 분명하고 똑똑하게 발음하는 것이 중요해.

2. 발음을 정확히 한다.

초등학교 입학 전인 6~7세가 되면 아이들은 거의 모든 발음과 문장을 완전하게 구사할 수가 있어. 이때까지 '그랬쪄' 같은 아기 발음을 그대로 사용한다면 어리광을 피우거나 나쁜 말버릇에 길들여져 있기 때문이야. 이런 좋지 않은 발음으로 이야기한다면 고치려고 노력해야 해.

3. 책 읽듯이 말하지 않는다.

책을 읽듯 말하면 자연스럽지 않기 때문이야. 대화를 나누듯 말하는 게 제일 자연스럽고 좋아. 혹 친구 가운데 말을 더듬는 아이가 있어도 재미로 흉내 내선 안 돼. 더듬는 것을 따라 하다가는 습관이 되어 버릴 수도 있기 때문이야.

4. 말끝을 흐리지 말아야 한다.

말끝을 흐리지 말고 분명하게 말해야 해. 우리말은 중요한 의미가 항상 문장 끝에 있기 때문이야. '나는 너를 사랑해'라

는 말을 '나는 너를 사랑……' 이런 식으로 우물거리면 사랑
한다는 건지 사랑하지 않는다는 건지 알 수가 없게 돼. 그렇
기 때문에 말끝을 분명하게 마무리 짓는 것은 매우 중요해.

5. 차근차근 말한다.

서둘러서 말한다고 짧은 시간 안에 많은 정보를 전달할 수
있는 것은 아니야. 오히려 당황해서 중요한 것을 빠뜨릴 수
도 있어. 차분한 마음으로 해야 할 말을 생각하면서 말해야
실수를 줄일 수 있지.

 와, 정말 어렵네요.

 이런 것들을 포함해 발음과 어조, 음성 등을 교정하려
면 무엇보다 자기 목소리를 많이 들어보아야 해. 스마
트폰으로 녹음해서 자기 목소리를 들어보고 어떤 점
이 잘못되었는지 체크하는 것은 말하기 훈련에 있어
서 기본이야. 띄어 읽기를 정확히 지키면서 큰 소리로
책을 읽으며 연습하는 것도 좋은 방법이지.

 발음만 중요한 건 아니잖아요.

 대화와 상황에 어울리는 표정, 몸짓, 어조를 사용하는

것도 중요하지. 우리는 흔히 말하는 것을 소리를 내기만 하면 되는 것으로 알고 있지만 시각장애가 있는 장애인들을 만나보면 말하고 듣는 것에 전혀 지장이 없어도 의사소통에 문제가 있다는 것을 알게 돼.

 이유가 뭐죠?

 그 이유는 말이란 소리로만 이루어지는 게 아니라 말하는 사람의 표정이나 몸짓과 동시에 이루어지는 것이기 때문이지. 이런 걸 비소리 언어라고 하는데 말하기를 연습할 때는 반드시 비소리 언어도 훈련해야 해.

 듣는 사람이 귀만 쓰는 게 아니기 때문이군요.

 말을 할 때는 상대방이 나의 소리, 비소리 언어를 함께 듣고 본다는 걸 잊지 말아야 해. 밝은 미소를 지으며 말을 하면 상대방에게 호감을 줄 수 있어. 호감을 느끼는 사람과 대화를 나누게 되면 친해지겠지? 그러면 좋은 성과를 거둘 가능성도 크고.

 과학적 근거가 있나요?

말하기에 있어서 메시지의 전달 효과에 미치는 여러 가지 요인 가운데 음성이 미치는 영향은 38퍼센트지만 표정, 눈빛, 눈짓, 시선 등은 55%나 된다고 해. 그러니까 말하는 내용에 따라 즐거운 얘기를 할 때는 밝고 가볍게, 진지한 얘기를 할 때는 약간 엄숙하게 제스처를 취하는 것이 좋아. 그러면 이야기를 듣는 사람이 내용을 좀 더 분명하게 받아들일 수 있지. 여기에다 말하는 내용에 맞춰 적절히 손동작을 넣어주면 더 좋고.

중국중앙방송(CCTV) 아나운서들은 발음이 한 글자씩 틀릴 때마다 50~200위안(8,500~34,000원)의 벌금을 내는 것으로 최근 밝혀졌다. 한 아나운서의 트위터를 통해 우연히 이 사실이 알려지면서 4성 체계가 까다로운 중국어가 다시 중국인들 사이에서 화제에 오르고 있다.

중국 언론매체인 다양왕(大洋網)은 3일 CCTV의 유명 여성 아나운서인 류유(劉羽)가 자신의 트위터에 올린 '자주 틀리는 발음표'를 소개했다. 이 소식에 따르면 류 씨는 "1회 발음 실수 때마다 50위안의 벌금을 낸다"라고 밝혔다. 류 씨는 CCTV '오후 뉴스' 등 3개의 뉴스 프로를 맡고 있는 간판 아나운서다.

아나운서 류 씨는 분장실의 화장대 거울 위에 발음표를 붙여 놓고 늘 연습한다고 했다. 이 외에도 따로 발음교정용 원고로 연습한다고 그녀는 밝혔다. 발음 실수는 방송사의 공신력은 물론 개인적인 이미지 손실을 주는 아주 심각한 일로 여긴다는 것.

이번에 공개된 발음표를 보면 특별히 어려운 글자들은 아니었다. 그러나 류 씨는 "일상적으로 자주 쓰이는 단어지만 표준 발음은 일반인이 쓰는 발음과 다르다"라고 말해 중국어 발음과 4성 체계가 얼마나 까다로운가를 말해주고 있다.

— 뉴스타운 Newstown / 메디팜뉴스 Medipharmnews

1. 혀 운동을 해 보자.

혀의 움직임을 통해서 발음이 결정되기 때문에 혀를 부드럽게 풀어주는 것이 중요하다. 혀를 바깥으로 길게 뺐다가 넣은 후 위아래로 돌리면 혀가 유연해진다.

2. 턱 운동을 해 보자.

아래턱을 상하좌우로 움직인다. 입을 크게 벌리면서 턱의 근육을 늘려주면 턱이 부드럽게 움직여서 정확한 발음이 날 수 있게 해준다.

3. 입술운동을 해 보자.

입술을 앞으로 내밀었다가 옆으로 잡아당긴다. 또한 입술이 떨리도록 바람을 푸―우 내뿜어 보기도 한다. 항상 입술이 부드럽게 움직일 수 있도록 주의한다. 손으로 입 주위를 비벼주는 것도 좋은 방법이다.

4. 발음하기 어려운 아래 문장들을 허가 꼬이지 않도록 천천히 읽어
   보자.

   🔊 들의 콩깍지는 깐 콩깍지인가 안 깐 콩깍지인가. 깐
   콩깍지면 어떻고 안 깐 콩깍지면 어떠냐. 깐 콩깍지나 안
   깐 콩깍지나 콩깍지는 다 콩깍지다.

   🔊 간장 공장 공장장은 강 공장장이고, 된장 공장 공장장
   은 공 공장장이다.

   🔊 저분은 백 법학박사고, 이분은 박 법학박사다.

   🔊 작년에 온 솥 장수는 새 솥 장수이고, 금년에 온 솥 장
   수는 헌 솥 장수다.

   🔊 상표 붙인 큰 깡통은 깐 깡통인가? 안 깐 깡통인가?

   🔊 저기 저 뜀틀이 내가 뛸 뜀틀인가 내가 안 뛸 뜀틀인가.

   🔊 앞집 팥죽은 붉은 팥 풋팥죽이고, 뒷집 콩죽은 햇콩단
   콩 콩죽, 우리 집 깨죽은 검은깨 깨죽인데 사람들은 햇콩,
   단콩, 콩죽, 깨죽 먹기를 싫어하더라.

5. 다음 글을 발음에 신경 쓰면서 또박또박 읽어 보자.

🔊 즐거움을 맛보거나 자극을 얻으려고 독서를 하느냐, 혹은 인식과 교훈을 얻기 위해 독서를 하느냐에는 커다란 차이가 있다. ― 요한 볼프강 폰 괴테

🔊 사람들이 독서하는 데 있어서 입으로만 읽고 마음으로 체험하지 아니하며 몸으로 행하지 아니하면, 글은 다만 글자에 지나지 않으며 나는 나대로라는 격이니 실제로 유익한 것은 없다. ― 이이

🔊 좋은 책 한 권을 꾸준히 읽는 데서 우리는 행복의 샘을 발견할 수 있다. 몇 페이지 훑어보고 내던진다면 독서의 행복을 맛보지 못한다. 이것은 단지 독서뿐만 아니라 매사가 다 그렇다. 자기 자신 속에 행복의 샘을 파는 일은 어느 정도의 참을성과 끈기가 필요하다. 이 같은 노력은 자신의 마음을 아름답게 할 뿐 아니라 얼굴도 아름답게 한다. 이것은 곧 자신의 내부에 행복한 씨앗이 자랄 터전을 마련하는 것이다. 불평불만과 비관 등 감정의 산물을 버리면 의지의 산물인 행복은 자신의 손에 달려 있다.

― 알랭

6. 다음 글을 읽을 때 숨을 쉴 곳을 /로 표시한 뒤 호흡에 문제가 생기지 않게 읽어 보자.

🔊 아버지가 신던 군용 정글화는 밑창이 등산화 같았다. 어머니는 그 신발 끈을 조여 단단히 신은 뒤 나에게 등을 돌렸다. 어젯밤에 내린 눈 때문에 미끄러운 길을 가야 했던 것이다.

요즘보다 더 매서운 추위가 기승을 부리던 60년대 후반, 어머니는 초등학교 1학년생인 나를 업고 조심스럽게 집을 나서 학교로 향했다.

다행히 별 어려움 없이 어머니는 쌓인 눈 위로 걸음을 옮겼다. 그러나 문제는 중간에 나온 언덕길이었다. 넘어질까 염려하며 그 언덕을 조심스럽게 내려가던 어머니는 순간 발이 미끄러져 엉덩방아를 호되게 찧고 말았다. 나 역시 어머니에게 업힌 채 땅바닥에 내동댕이쳐졌다. 어머니는 그 정신없는 상황에서도 내가 다치지 않았나만 걱정했다. 다행히 나는 아무렇지도 않았다.

어머니는 당신의 엉치뼈가 아린 것은 내색하지 않고 나를 다시 둘러업고 학교로 향했다. 걱정하는 나를 안심시키느라 누군가 연탄을 깨서 뿌린 길 언저리에서 흥얼거린 노래는 황금심의 〈삼다도 소식〉이었다.

7. 다음 글을 책 읽는 것처럼 말고 친구에게 말 걸듯 읽어 보자.

🔊 금년에도 어김없이 물난리가 났다. 한반도가 생긴 이래, 지구가 만들어진 이래, 여름철에 비가 쏟아진다는 것을 모르는 사람은 한 명도 없다. 비가 쏟아져 하천이 넘치면 물난리가 난다는 것도 누구나 다 안다. 황하가 그랬고 이집트의 나일 강이 그랬다.

그런데도 우리는 매년 반복되는 수해를 겪고 있다. 라디오에 나온 파주 사는 록가수 윤도현이 말하는 것을 듣고 쓴웃음을 금할 수 없었다.

"우리 집은 세탁소를 하는데 기계가 작년에 이어 올해도 물에 잠겼어요. 그런데 수해에 익숙해지니까 고치고 복구하는 것도 빨라지더라고요."

그래도 일부 발표를 보니 미리 주민들을 대피시켜 인명피해가 적었다고 한다. 그런데 과연 주민들을 어떻게 대피시켰을지 궁금해지면서 그 아비규환에서 장애인들은 어떻게 몸을 빼냈을지도 아울러 궁금해졌다.

 비소리 언어인 수어를 하는 사람들 표정을 보면 매우 다양하지. 그 이유는 수어로 전달할 수 없는 감정을 표정으로 전달해야 하기 때문이야.

6

말의 시작과 끝

 내가 말을 하면 아이들이 잘 듣지 않아요.

 말의 시작을 잘 못 한다는 거지. 누군가와 이야기할 때
는 상대방이 관심을 가질 만한 말로 시작해야 해. 에피
소드나 구체적인 경험 등을 예로 들어서 이야기를 시
작하면 듣는 사람들이 귀를 기울이지. 단 그 에피소드
는 주제와 관련이 있는 것이어야 해.

 학교에 관한 거라면요?

 '학교의 명예'라는 주제로 이야기하면서 첫 마디를
"학교에 오다가 아이들이 싸우는 걸 봤어." 이렇게 이
야기하면 그게 학교와 무슨 관계가 있을까 하고 사람
들은 궁금해하지. 그러면 싸움은 사소한 의견 차이 때

문에 생긴 개인적인 일인데 학교 앞에서 싸우면 학교 이미지가 나빠지고, 그런 것들이 쌓여서 학교에 대한 인식이 나빠진다고 말할 수 있지. 그 모든 게 우리 책임이고 우리가 학교에 대하여 좀 더 애정을 가지고 명예를 중시한다면 학교 앞에서 싸우거나 품행을 어지럽히는 일은 없어야 한다고 이야기를 이끌어가면 누구나 고개를 끄덕이며 네 이야기에 동조해줄 거야.

 다른 예는 없나요?

 말을 시작할 때 격언이나 속담을 예로 들어 이야기해도 듣는 사람이 흥미로워하지. 지루하고 재미없는 말이 나올 줄 알았는데 재미있고 흥미로운 이야기가 나오면 당연히 관심을 두게 되지. 그렇지만 그런 예들을 너무 많이 언급하거나 어울리지 않는 속담이나 예를 사용하면 오히려 역효과가 나.

 주의를 끈 다음엔 어떻게 해야 하죠?

 상대방이 내 말에 관심을 두게 되면 내가 말하고자 하는 내용을 말해야지. 준비한 대로 빠뜨리지 않고 이야기하는 것이 중요해. 이때 내가 알고 있는 경험이나 지식이 총동원되어야 하고, 듣는 사람의 표정이나 태도를 잘 지켜보면서 확실히 이해하고 있는지도 살펴야 해. 다시 말해 생각해 가면서 말하는 것이 중요하다는 의미야. 귀로 듣고, 머리로 생각하고, 그것을 입을 통해 말로 표현할 때까지 사용되는 각 신체 기관이 서로 자연스럽게 연결되어야 해. 그래야만 분위기를 정확히 파악하면서 실수 없이 말하기를 이어나갈 수 있기 때문이야. 이처럼 생각하면서 말하는 습관은 사고력과 표현력을 키워주는 데도 중요한 밑바탕이 되지. 자기 생각을 잘 정리해서 말하는 습관이 어려서부터 몸에 배도록 해야 해.

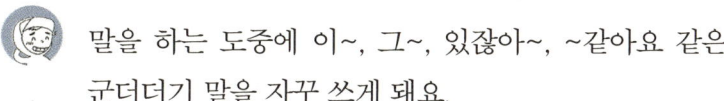 말을 하는 도중에 이~, 그~, 있잖아~, ~같아요 같은 군더더기 말을 자꾸 쓰게 돼요.

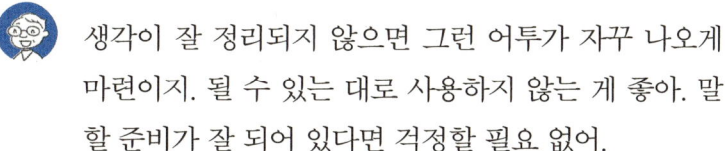 생각이 잘 정리되지 않으면 그런 어투가 자꾸 나오게 마련이지. 될 수 있는 대로 사용하지 않는 게 좋아. 말할 준비가 잘 되어 있다면 걱정할 필요 없어.

어떻게 준비해야 하죠?

메모장에 핵심 내용을 순서대로 정리한 다음, 그것을

토대로 말을 하면 훨씬 자연스러워 보이고 그만큼 사람들에게 호감을 줄 수 있지. 즉흥연설이나 대중연설, 대담 같은 모든 말하기에 있어서 메모장은 기본이라 할 수 있어.

상대방을 이해시키는 게 너무 어려워요.

내 의견을 말할 때는 항상 적당한 근거를 들어 말해야 해. 그래야만 다른 사람에게 내가 왜 그렇게 생각하는지 바르게 이해시킬 수 있기 때문이야.

마무리도 잘해야죠?

시작을 잘했으면 마무리도 잘해야지. 해야 할 말을 다 했다면 서서히 결말을 지어야 해. 이때 지금까지 말한 내용을 다시 한번 기억할 수 있도록 요점을 정리해서 요약해주는 것이 좋아. 그리고 이야기를 듣는 사람에게 비슷한 문제나 다른 문제를 생각해 보게 하려면 추가로 이야기하지 못했던 문제점들을 던져주는 것도 좋지. 중요한 건 어떤 대화든지 능동적으로 참여하는 거야. 적극적으로 참여하고 동참해야 이 세상은 바뀌고 변화해 나가며 우리 사회에 올바른 대화 문화가 정착될 수 있다고.

 얘기하다 보면 앞에서 한 이야기를 자꾸 까먹어요.

 그래서 마무리할 때 앞에서 한 말을 다시 한번 정리해 주는 것도 나쁘지 않아. 다음은 박목월의 〈달〉이란 시야.

배꽃 가지
반쯤 가리고
달이 가네.
경주군 내동면
혹은 외동면
불국사 터를 잡은
그 언저리로
배꽃 가지
반쯤 가리고
달이 가네.

이 시의 형식을 보면 첫 연에서 했던 말을 마지막에서 또다시 강조하고 있지? 이런 기법을 흔히 수미쌍관(首尾雙關)이라고 해. 처음과 마지막을 같아지도록 해서 그 의미를 강조하고 안정적인 구조가 되도록 하는 거지. 말을 시작하고 끝맺을 때도 이 수미쌍관을 이용하는 것이 좋아. 서두에서 하고자 하는 말의 핵심을 이야기하고 그 핵심을 이야기 내내 풀어 주다가 마무리에서 다시 한번 강조해주면 듣는 사람에게 강한 인상을 줄 수 있지.

　　"제가 우리 학교의 회장이 된다면 무엇보다 여러분들의 편에 서서 학업에 열중할 수 있도록 도와드리겠습니다. 무엇이든 저에게 말씀만 해주시면 여러분의 입장을 적극 학교에 전달하겠습니다. 학교의 주인은 학생과 동문, 교직원, 그리고 재단입니다. 이 네 그룹이 서로 힘을 합칠 때 우리 학교는 발전할 수 있을 것입니다. 무엇이든 어려운 일이 있을 땐 저에게 맡겨 주십시오. 그리고 저와 소통해 주십시오."

　　학생회장 후보로 나간 만석은 열정적으로 자신의 정견을 발표했다. 그러고는 다음과 같이 한마디 덧붙였다.

　　"정견을 발표하다 보니 제가 가장 중요한 이야기를 하지 못했군요. 끝으로 한마디만 하겠습니다."

　　학생들은 무슨 이야기를 하려나 하고 모두 귀를 기울였다. 잠시 시간을 둔 뒤 만석은 격정적으로 말했다.

　　"여러분, 저는 여러분들을 사랑합니다."

　　순간 강의실은 박수가 터져 나왔다.

여러 명의 학생들이 학생회장에 입후보한 상황을 가정해서 써 본 글이다. 다른 학생들이 비슷비슷한 이야기를 하고 마쳤을 거라 생각하고 한번 더 중요하고도 쉬운 말로 마무리해서 강한 인상을 심어준 만석이 학생회장에 목표로 당선될 수 있었다.

스피치 훈련

1. 사람들 앞에서 내 취미에 대해 이야기하기 위해 그와 관련된 에피
   소드를 정리해 보자.

   ⇨

   _____

   _____

   _____

   _____

2. 그 가운데 가장 흥미로운 에피소드를 이야기하면서 내 취미를 소
   개해 보자.

   ⇨

   _____

   _____

   _____

   _____

3. 내 취미에 얽힌 이야기를 격언으로 소개한다면 어떤 내용일지 말
   해 보자.

   ⇨ _____

   _____

   _____

   _____

4. 2번 말하기 원고와 3번 말하기 원고 중 하나를 정하여 메모장에
   내가 이야기하려는 맥락을 간략하게 메모해 보자.

   ⇨ _____

   _____

   _____

   _____

5. 내가 말하려는 이야기의 주제를 청중들 앞에서 말해 보자.

⇨

_____

_____

_____

6. 수미쌍관으로 내가 하려는 말을 마무리해 보자.

⇨

_____

_____

_____

_____

_____

 끝이 좋으면 다 좋다는 말이 있어. 중간에 말이 좀 꼬여도 마무리를 야무지게 하면 청중들이 내 말뜻을 확실하게 이해하니까 겁내지 말고 도전해 봐.

7
속도와 어조와 성량은
어떻게 조절해야 할까?

 오늘 카메라 감독님이 저보고 말이 너무 빠르대요.

 너는 어떨 때 보면 입에 오토바이 단 것 같아.

 속도와 어조, 성량 이 세 가지는 말하기의 기본이란다.

 너무 빨라도 곤란하지만 너무 느려도 재미없어요.

 속도는 말하기의 빠르고 느림을 뜻하는 것인데 말하는 내용과 듣는 이의 수준에 따라서 적당히 조절할 수 있어야 해. 랩이 빠르다고 주목받는 래퍼가 있지만 결국 랩도 내용을 전달하는 것이기 때문에 빠르기만 하다고 능사는 아니야.

속도는 어느 정도가 좋아요?

 1분 동안 200자 원고지 2장 정도를 읽을 수 있으면 적당하다고 봐. 간혹 듣는 사람들이 떠들거나 산만해서 분위기를 가라앉히고 싶을 때는 속도를 조금 느리게 해서 차분한 분위기로 가는 것도 좋아. 반대로 청중이 너무 처져 있거나 늘어져 있는 분위기일 때는 말을 조금 빨리 해 어조를 높이는 게 좋지.

 어조는 또 뭐예요?

 어조라는 것은 말의 높고 낮음이야. 내용이 긍정적이고 즐거운 이야기라면 말하는 사람은 밝고 즐거운 표정으로 가볍게 이야기하는 것이 좋아. 하지만 내용이 슬프거나 비판하는 내용 등 부정적인 것이라면 말하는 사람의 어조나 표정은 어둡고 무거운 것이 좋지. 어조를 통해서 내용과 분위기를 맞춰나가는 것이 듣는 사람에게 이야기를 좀 더 잘 이해시킬 수 있기 때문에 어조 역시 말하기에 있어 매우 중요해.

 성량은 가수들한테나 쓰는 말 아니에요?

성량을 조절해가며 말할 수 있어야 해. 성량은 목소리 크기인데 듣는 이가 편안히 들을 수 있을 정도로 적당해야 해. 격앙됐을 때는 큰 목소리로 말하고, 차분히 이야기할 때는 작은 목소리로 말하면서 내용과 어우러지도록 하는 것이 좋아. 강조할 부분에서는 목소리를 작게 해서 이야기를 듣는 사람들이 관심을 기울이게 하는 것도 방법이야.

 이 세 가지를 잘 구사하면 달변가가 되나요?

 속도와 어조와 성량을 조절하는 방법을 잘 익혀두면 실제로 말을 할 때 생각보다 큰 효과를 거둘 수 있지.

내가 탄 택시 기사는 나의 모히칸 스타일 머리를 보고 관심을 보였다.

"그런 머리를 하고 다니면 부모님이 뭐라고 하지 않아요?"

"네, 우리 부모님은 신경 안 쓰세요."

그러자 그때부터 택시 기사는 헤어스타일에 일가견이 있는 사람처럼 마구 수다를 떨기 시작했다.

"내가 젊었을 때는 더벅머리가 유행이었어. 이 더벅머리라는 게 비틀스가 유행시킨 건데 그게 그대로 장발로 이어진 거지. 나라에서 단속하긴 했지만 몰래 숨어서 머리를 기르고……."

운전기사는 말이 무척 빨랐다. 평소 같으면 귀찮다고 조용히 가고 싶다고 했을 텐데 머리 스타일 가지고 시대의 흐름과 문화양상을 훑어내는 것이 내 글쓰기에 도움이 될 것 같았기 때문에 메모지를 꺼내 이야기를 적자 이 양반은 더욱 신이 나서 입에 모터를 단 것처럼 열을 올렸다.

"저 아저씨 조금 천천히……."

그러자 기사 아저씨가 말했다.

"지금 이 차는 규정 속도로 달리고 있어요. 그래서 말이지……."

말을 지나치게 빨리하면 안 좋다는 걸 보여주기 위해 유머러스하게 쓴 글이다. 천천히 말해 달라는데 자동차 속도를 줄여달라는 것으로 착각한 택시 기사는 속도 조절에 실패한 이야기꾼이다.

1. 다음 원고는 200자 원고지로 2장 분량이다. 스톱워치를 켜고 2분
   안에 읽어 보자.

🔊 우쿨렐레를 들고 태민이가 도서관에 도착하니 합주
부 아이들이 하나둘씩 모였습니다. 도서관 1층에 있는 로
비에서 아이들이 웅성웅성 모여 떠들 때 선생님이 오셨습
니다.
"얘들아, 이제 연습해 보자. 자 너희들 다 한자리에 모여
서 튜닝 좀 하고."
아이들은 튜닝을 하고 난 뒤 노래를 부르며 우쿨렐레 연
습을 했습니다. 도서관에 온 사람들은 신기한 듯 쳐다보
았습니다. 연습을 마치자 선생님은 아이들에게 3층 강당
으로 가라고 했습니다. 강당에 올라가면 무대가 준비되어
있다고 했습니다.
태민이는 터덜터덜 계단을 올라 3층으로 갔습니다. 그런
데 3층 강사 대기실에 아이들이 모여 있는 것이 보였습니
다. 무슨 일인가 기웃거려 보니 그곳에는 서울에서 온 동
화작가 선생님이 앉아 아이들과 악수를 나누며 이야기를
하고 있었습니다.
동화작가를 실제로 만나보는 것은 처음이어서 태민이도
살짝 들어가 보았습니다. 동화작가 선생님은 아이들의 질
문에 대답을 해주다가 갑자기 우쿨렐레 든 태민이를 보자
반가운 얼굴로 말했습니다.

🔊 국제관의 강의실은 일찍부터 청중들로 가득 찼습니다. 저는 남들보다 조금 일찍 와서 강의실 맨 앞에 자리를 잡을 수 있었습니다. 우리 대학교에서 한 달에 한 번씩 세계적인 명사들을 초청해서 하는 강연은 참으로 인기가 좋아 앞자리에 앉지 않으면 국제적인 석학이나 세계적인 명사의 얼굴을 잘 볼 수가 없습니다.

강의가 시작되었습니다. 미국 실리콘밸리에서 엄청난 IT 사업을 일으킨 한국 교포 CEO가 무대에 올라와 자기 이야기를 풀어놓기 시작했습니다. 평소에 존경하던 사람이었기에 저는 그의 말을 토씨 하나 빠뜨리지 않고 열심히 필기했습니다. 제 옆에는 대학과는 어울리지 않는 아주머니 한 분이 자리 잡고 있었습니다. 가끔은 아주머니들도 대학에 다니기 때문에 저는 그저 만학도인가보다 생각했습니다. 아주머니는 핸드폰을 삼발이에 고정시키더니 동영상 촬영을 하기 시작했습니다. 한참 촬영을 하는데, 객석 사이를 오가던 진행요원이 그 아주머니를 보고 제지했습니다.

"아주머니, 동영상 촬영은 안 됩니다."

"아휴, 어떡해요. 나 꼭 해야 하는데."

"강연하시는 분께서 허락하지 않으셨습니다. 카메라를 꺼 주세요."

아주머니는 안타깝다는 듯 핸드폰을 가방에 집어넣었습니다. 그리고는 안절부절못하는 거였습니다.

2. 다음 글을 감격스러운 어조로 읽어 보자.

🔊 저는 52년간의 군 생활에 막을 내리려 합니다. 제가 처음 군대에 들어왔을 때는 20세기의 막이 채 오르기 전이었습니다. 제 소년 시대의 모든 희망과 꿈을 실현하기 위해서였습니다. 제가 웨스트포인트 육군대학에서 임관 선서식을 치른 이래로 세계는 몇 차례나 바뀌었고 소년 시대의 희망과 꿈 역시 다 사라지고 말았습니다.

저는 그 당시 가장 인기 있었던 군가의 후렴을 아직도 기억하고 있습니다. 그것은 '노병은 죽지 않는다. 다만 사라질 뿐이다'라는 노래입니다. 군가 속 노병처럼 저도 제 군인 생활의 막을 내리고 사라지고자 합니다. 하느님이 가호하시어 분부한 그대로 직무에 최선을 다해 노력해 온 노병으로서 사라질 뿐입니다. 안녕히 계십시오.

— 더글러스 맥아더의 미 의회 연설 중에서

 고양이들도 아무 일 없을 때와 먹잇감을 공격할 때의 속도가 달라. 강약과 리듬, 이건 삶에 있어 매우 중요한 원칙이야.

8
무조건 반대하거나
반발하는 사람 대처법

오늘 친구랑 오해가 좀 있었어요. 그래서 풀어보려고 말을 건넸는데 무슨 말을 해도 안 받아들이려는 거예요.

그냥 내버려 둬 언젠가는 풀리겠지.

그래선 안 돼. 말을 할 때 들어주는 사람은 여러 종류야. 호의적으로 열심히 듣는 사람, 무신경하게 듣는 사람, 반박하려고 비판적으로 듣는 사람 등이 있는데 그런 사람들 가운데서도 가장 곤란한 경우는 반박하며 비판적으로 듣는 사람이야. 그런 사람은 이야기를 긍정적으로 들으려 하지 않기 때문이지.

그럴 때는 어떻게 해야 해요?

그런 사람에게 말할 때는 주의해야 할 것들이 있어. 첫째, 얘기할 때 절대 도전적으로 말하지 말아야 해. 상대방은 이미 내 이야기에 거부감을 가지고 있기 때문에 내가 도전적으로 주장하거나 강력하게 말하면 무조건 거부하고 반발하려 들거든. 예를 들면 아래와 같이 주장하면 반대되는 입장을 가진 사람들은 찬성하지 않으려 하지.

책 읽지 않는 아이들은 아예 도서관에 출입하지 못하게 하자.

이럴 때 아래와 같이 덜 도전적인 어투로 주장하면 상대방도 부드럽게 받아들일 거야.

도서관에 오면 될 수 있는 대로 다 함께 책을 읽도록 노력하자.

 그래도 제 말을 안 들으면요?

 상대방이 반대 관점을 취하고 있어도 처음부터 논쟁을 벌이거나 다투어선 안 돼. 처음에는 부드러운 어투와 쉬운 화제로 이야기하고 서서히 본론으로 들어가는 것이 좋아.

 현란한 말솜씨로 상대방을 현혹시키면 어떨까요?

 상대방이 내 입장과 반대 입장이라고 해서 능수능란한 말솜씨로 사람을 현혹시키면 곤란해. 말의 요지를 흐리거나 얼버무리면 비겁한 사람으로 오인 받을 수도 있거든. 반론이 들어와도 당당한 태도로 맞서 싸운다는 생각으로 이야기하는 것이 좋아.

　　모세 몽트포와는 영국에서 최초로 기사 작위를 받은 유대인이다. 그는 이탈리아 출생의 박애주의자였다. 셰익스피어 (William Shakespeare)의 희곡《베니스의 상인》에서도 알 수 있듯이 당시 영국은 유대인을 경멸하는 분위기가 팽배했다.

　　어느 날 저녁을 먹을 때 모세 경은 유대인을 싫어하는 귀족 옆에 앉게 되었다. 그 귀족은 사람들 듣는 데서 대놓고 이렇게 말했다.

　　"얼마 전에 일본을 다녀왔습니다. 거기는 정말 이상한 곳이더군요. 돼지도 없고 유대인도 없었어요."

　　누가 봐도 그 이야기는 모세를 비꼬는 말이었다. 돼지와 유대인을 같은 선상에 놓고 비아냥거리는 게 분명했기 때문이었다. 하지만 모세는 웃으며 이렇게 말했다.

　　"그렇다면 당신과 제가 그곳에 가야겠습니다."

　　"왜요?"

　　"그러면 둘 다 일본에 있게 될 테니까요."

스피치 훈련

1. 다음 주제에 비판적인 사람들을 설득하는 말을 해 보자.

   비장애인은 엘리베이터를 이용하지 말자.

   (나도 세금 낸 사람이라며 왜 못 타느냐고 저항하는 사람에게)

   ⇨

   _____

   _____

   _____

   _____

   우리 단체가 불우이웃돕기를 합니다. 기부해 주십시오.

   (모금 단체를 믿을 수가 없다고 저항하는 사람에게)

   ⇨

   _____

   _____

   _____

   _____

2. 상대방이 다음과 같이 말한다. 뭐라고 해야 할지 말해 보자.

학급의 회장이라면 학생들을 위해 무조건 봉사해야지, 우리한테 명령하는 거야?

⇨
_____

_____

_____

이걸 글이라고 써 왔어? 당장 때려치워!

⇨
_____

_____

_____

 누군가에게 강력하게 저항하는 사람은 자존감이 약한 사람이야. 자존감이 약하기 때문에 늘 누군가 날 공격하거나 깔보는 게 아닌가 하고 경계를 하지. 하지만 그런 것까지도 이해할 수 있는 포용력이 있어야 해.

9
자료로 말하기

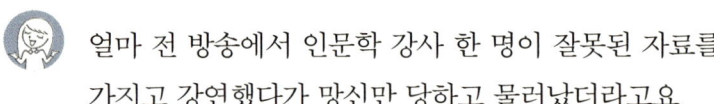 얼마 전 방송에서 인문학 강사 한 명이 잘못된 자료를 가지고 강연했다가 망신만 당하고 물러났더라고요.

 자료를 통한 말하기의 기본 원칙을 간과한 거지.

 그게 뭔데요?

우리는 대부분 자료에 기초해 정보를 전달하지. 그러나 그 자료가 올바른 자료인지 아닌지에 따라서 좋은 정보가 될 수도 있고, 그러지 못할 수도 있어. 예를 들면 베트남의 국부 격인 호찌민(Ho chi Minh)이 다산 정약용의 《목민심서(牧民心書)》를 늘 가지고 다니며 잘 때도 머리맡에 두고 읽었다는 얘기가 전해지고 있어. 호찌민은 한자에 능통하니까 가능하긴 한데 그걸 본

사람이 있다는 증거는 빈약해. 자칫하면 그런 낭설이 자료로 쓰여 그릇된 사실을 전달하게 되는 거지. 이처럼 자료는 정보 전달에 있어 매우 중요한 거야. 그래서 정확한 자료를 확인하는 습관이 꼭 필요해.

 그러면 그런 자료는 어떻게 판단해요?

 다음과 같은 기준을 알았더라면 그 강사도 그런 실수는 하지 않았을 거야.

1. 듣는 사람에게 흥미로우냐, 그렇지 않으냐에 따라 자료를 결정해야 한다.

수많은 자료를 준비했다 할지라도 그것이 남자들이 흥미 있어 하는 자료인데 발표를 듣는 사람은 여자라면 그 자료는 사용해 봤자 도움이 안 되지. 듣는 사람이 흥미로워할 만한 자료를 구해서 발표하는 것은 대단히 중요해.

2. 주제와 얼마나 관계가 있느냐를 따져야 한다.

재미있고 정말 흥미로운 자료를 준비했다 하더라도 그것이 내가 말하고자 하는 사실과 동떨어진 것이라면 그 자료를 써서는 안 돼.

3. 신빙성이 있어야 한다.

자료라는 것은 내가 옳다고 믿은 뒤 상대방에게 전달해야 하는 거야. 그런데 그 자료가 잘못된 것이거나 틀린 것이면 나는 거짓말쟁이가 되고 말지. 그렇기 때문에 주어진 자료가 사실인지 아닌지를 꼼꼼히 따져 본 뒤 사용해야 해. 그 인문학 강사는 이 원칙을 지키지 못한 거야.

4. 출처가 분명한 자료여야 한다.

누군가가 지나가는 말로 해준 이야기거나 근거 없는 뜬소문을 자료로 사용해서는 안 돼. 누가 한 말인지 분명히 밝힐 수 있어야 하고 어디에 실린 글인지 확실하게 확인한 후에 써야만 내 발표 또한 진실된 것이 될 수 있어.

와, 정말 남들 앞에서 자료를 가지고 말한다는 게 쉬운 일이 아니네요.

그럼. 하지만 자료를 구하는 게 어렵다고 말하기를 포기할 수는 없지.

또 주의할 점은 없나요?

다양하고 풍부한 자료를 구할 수 있으면 정말 좋겠지.

각종 분야에서 연관된 자료들을 찾아 제시해 주면 다양한 자료 때문에 이야기를 듣는 사람들이 싫증 내지 않고 재미있게 끝까지 발표를 들을 수 있으니까. 또 그럼으로써 내 주장이나 정보도 올바르게 전달될 수 있고 말이야.

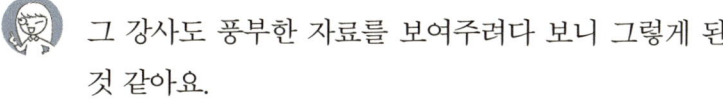 그 강사도 풍부한 자료를 보여주려다 보니 그렇게 된 것 같아요.

아무리 풍부한 자료라 해도 앞의 원칙들을 어기면 소용이 없어.

아깝다. 그 강사 학원에서는 강의 엄청 잘했는데.

그래서 옛말에도 있잖니. 칼로 흥한 자 칼로 망한다고.

　　한번은 S 구의 작은 도서관 개관 기념식에서 작가 강연회를 한 적이 있습니다. S 구 구청장과 공무원들이 자리한 그곳에서 저는 장애인인 제가 작가가 되기까지의 과정을 재미있게 얘기하고 있었습니다. 그때 저는 문득 구청장을 부각시켜야겠다는 생각을 했습니다.

　　"구청장님, S 구 내에는 장애인이 몇 명이나 살고 있나요?"

　　구청장은 당황했습니다. 좌우를 둘러보니 다른 공무원들도 제 질문에 대답을 못 하는 거였습니다. 저는 웃으며 말했습니다.

　　"장애인 수를 파악하기가 쉽지 않지요? 제가 말씀드릴 수 있습니다. S 구 인구가 몇 명인가요?"

　　"60만 명입니다."

　　"그렇다면 아마 등록된 장애인은 3만 명 내외일 겁니다. 장애인은 인구의 5퍼센트 내외기 때문입니다. S 구도 60만의 5퍼센트니까 그 정도 될 겁니다. 우리나라 전체 장애인 수가 250만 명이 넘고 매년 증가추세에 있긴 합니다만."

　　사람들은 모두 고개를 끄덕였습니다. 잠시 후 담당 공무원이 확인한 자료를 구청장에게 보고했습니다. 구청장은 자료를 보며 말했습니다.

　　"우리 구에는 3만 250명의 장애인이 있다고 합니다."

"보십시오. 거의 비슷하죠!"

정확한 통계 자료를 제시하며 이야기하자 제 강연은 더욱 설득력이 있었습니다.

1. 다음과 같은 사람이 청중이다. 강연자는 어떤 자료를 준비해야 할까?

다이어트에 관심이 많은 과체중인 사람들

⇨

_____

_____

_____

담배 피우는 아저씨들

⇨

_____

_____

_____

진로를 고민하는 청소년들

⇨

_____

_____

_____

2. 다음 주제와 관련된 자료들을 찾아보고 어떤 이야기를 하면 좋을
지 주제를 정하여 3분간 말하기 원고를 만들어 보자.

게임의 폐해

⇨

시간의 소중함

⇨

_____

_____

_____

_____

_____

_____

_____

_____

_____

_____

건전한 이성 관계

⇨

_____

_____

_____

_____

_____

_____

_____

_____

 그렇다고 자료에만 너무 의지하지는 마. 자료는 어디까지나 내가 하려는 이야기의 보조 역할을 할 뿐이니까.

10
청중을 사로잡는
연설 노하우 1

 박사님, 청중 앞에서 말하기의 노하우에 대해 구체적으로 알려주세요. 청중을 사로잡고 싶어요.

 연설을 할 때 제일 중요한 건 자세야. 말할 때 항상 청중과 눈을 맞춰야 해. 다른 곳으로 고개를 돌리고 허공을 바라보며 얘기하면 청중들은 저 사람은 자신이 없어 저런다고 생각하고 몰입하지 않는단다. 사람들과 한 명 한 명 눈을 맞춤으로써 자기에게 얘기하는 것 같은 느낌이 들게 해야 하지. 두 번째로는 강연을 시작하기에 앞서 먼저 청중들의 긴장을 풀어 줘야 해. 이걸 아이스 브레이크라고 하지. 얼음처럼 굳어 있는 걸 깬다는 의미야.

 더 긴장하게 해야 하는 거 아니고요?

유쾌한 농담이나 재미있는 이야기를 해서 사람들의 긴장을 풀어 주어야 사람들이 마음을 열고 강연을 더 잘 듣게 돼.

 억양이나 속도도 중요하지 않나요?

 좋은 지적이야. 내용에 따라 긴박할 때는 조금 빠르게 어조를 높이지만 목소리를 낮추고 조용조용 이야기할 때도 있어야 해. 목소리에 강약을 주고 고저장단을 맞춰서 이야기해야 사람들을 계속 몰입시킬 수 있어. 단조로움이 사라져서 지루하지 않게 되는 거지.

 저는 강사가 자꾸 자세를 바꾸고 왔다 갔다 하면 산만해서 싫어요.

 강사는 되도록 반듯한 자세를 취하는 게 좋지. 짧은 연설일 경우에는 똑바로 서서 자리를 움직이지 말고 이야기를 끝낸 다음 무대에서 내려가는 게 좋아. 1~2분 내지 5분 내의의 연설은 이렇게 하는 게 좋지만 긴 연설은 편안하게 서서 이야기하거나 좌우로 조금 왔다 갔다 하는 것도 나쁘지 않지. 변화를 줄 수 있으니까. 그렇지만 탁자 위로 몸을 구부리거나 아니면 너무 자주 왔다 갔다 하면 정신 사나워서 집중이 되지 않아.

 PPT나 마이크가 꺼지는 사고가 날 때도 있더라고요.

 그래서 내가 앞에서도 얘기했지? 자기가 가장 잘 아는 걸 이야기하라고. 자기가 가장 잘 아는 걸 이야기하면 그런 사고가 생겨도 당황하지 않고 이야기할 수 있거든. 물론 마이크도 잘 점검해야 해. 하지만 만반의 준비를 하더라도 사람의 일이기 때문에 무슨 일이 일어날지 알 수가 없단다. 만일의 경우 마이크가 꺼지거나 망가지면 육성으로라도 이야기함으로써 나의 진정성을 전달하는 것 역시 중요해. 내가 잘 아는 내용이라면 이런 일이 일어나는 돌발 사태에서도 유연하게 대처할 수 있단다.

 그래도 저는 웃긴 얘기를 해 주는 작가나 강사가 좋아요.

 그래서 나는 7분의 법칙을 적용한단다.

 7분의 법칙이 뭔가요?

 7분마다 한 번씩은 웃게 해야 한다는 거지.

코미디언도 아닌데 어떻게 웃겨요?

 유머는 강사의 주요한 자질이야. 이야기 자체를 재미있게 끌고 갈 수도 있지만 딱딱한 이야기일수록 허를 찌르는 농담을 해 주는 것이 좋아. 나 같은 경우는 퀴즈를 내는데 사람들이 긴장하면서 정답을 얘기할 때 허를 찌르곤 하지. "보기 중에는 답이 없습니다." 이러면서 웃기는 거야. 유머는 청중과 강사 사이의 두뇌게임이니까. 재미있는 시사 개그나 유행어 같은 걸 살짝 응용해도 좋아. 그렇다고 해서 비속어를 쓰라는 건 아니야.

 상대방과 한판 붙으려면 적이 누군지 알아야 하는데 강연도 그런가요?

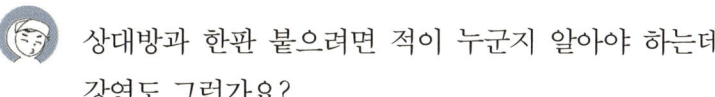 《손자병법》에 나오지. 지피지기면 백전백승(知彼知己 百戰百勝: 적을 알고 나를 알면 백번 싸워 백번 이긴다)이다. 강연을 할 때도 강연을 들을 사람이 누군지 알고 하면 훨씬 자신감이 생겨. 나 같은 경우도 강연할 때 청중이 학생이냐, 어른이냐, 학부모냐에 따라 강연 내용이 달라져. 그리고 장소에 따라 그들에게 맞는 이야기를 해 주지. 그래야 내 얘기가 도움이 됐다고 생각하거든. 이렇게 듣는 사람의 입장에 맞춰서 이야기할 때

강연도 성공할 수 있고 호소력도 생기게 되지.

 청중과의 친밀감이 중요하겠네요?

 강연을 재미있게 하려면 청중과 강사 사이에 비밀을 공유하면 좋아. 나는 어렸을 때 재래식 화장실에 갈 수 없었는데 그 문제를 어떻게 해결했는지 나만의 비밀을 말해 주곤 해.

청중:　어떻게 가셨는데요?
　비밀이에요. 절대 다른 사람에게 말해 주면 안 돼요.
청중:　비밀 지킬게요.
　이상하게 우리 반에 있는 화분들은 빨리 죽더라고요.

이러면 사람들이 배를 잡고 웃지. 웃고 나면 한마디 더 하지. 딴 데 가서 절대 말하지 말라고. 그러면 마치 비밀을 공유한 듯해서 사람들이 나와 친숙함을 느끼게 되지.

 강연 중 가장 재미있을 때는 허를 찌를 때예요.

 맞아. 청중을 잘 파악하고 철저히 이해하면 그들을 당

황시킬 수 있는 많은 명제를 던질 수 있지. 예를 들어 선생님들에게 강연할 때면 나는 이렇게 말하곤 한단다. "아이들에게 게임 하지 말라고 하지 마십시오." 그러면 선생님들은 당황하지. 게임 하는 걸 말려야 하는데 말리지 말라고 하니까. 그리고 그때 관련 자료를 보여 주며 이야기하는 거지.

"이 자료를 보면 게임회사가 장애인이나 사회에 얼마나 많은 공헌을 하는지 한눈에 알 수 있지 않습니까."

그러면 청중들은 그제야 모두 고개를 끄덕이지.

 강연은 어느 정도 하는 게 좋은가요?

 좋은 연설들은 대개 다 짧아. 길고 말이 많다고 더 많은 감동을 주는 건 아니란다. 강연이 끝나고 나서 기억할 만한 짧은 문구 하나라도 머리에 남는다면 강연은 대성공이라고 할 수 있어. 길게 해야 한다는 강박관념을 없애도록 해.

 그러면 쉽고 간단해야 하나요?

그렇지. 연설은 쉬우면서 간단해야 해. 사람들은 나에게 어린이와 엄마, 그리고 선생님이 다 함께 강연을 들어도 되냐고 묻곤 한단다. 그런 강의는 꽤 어렵지만 나는 언제나 오케이야. 쉽고 재미있게 하려고 노력하다 보니 내 강연은 엄마나 선생님은 물론 어린아이들도 쉽게 이해할 수 있지. 물론 그렇다고 해서 결코 가벼운 주제만 다루는 건 아니야.

 맞아요. 텔레비전에 나와서 가끔 어려운 척하면서 유식한 티 내는 사람이 강연하고 있으면 채널을 돌려버리게 돼요.

 듣는 사람에게 제대로 전달되지 않는 강연은 실패한 강연이야. 내 뜻을 얼마나 쉽고 재미있게 상대방에게 말할 수 있느냐가 가장 중요하지.

　미국의 위대한 대통령 링컨(Abraham Lincoln)이 라이벌인 더글러스(Stephen Douglas) 상원의원과 대중 연설을 할 때 일이다. 먼저 연설을 하게 된 더글러스는 링컨을 맹비난했다.

　"링컨은 이중인격자입니다. 말만 그럴듯하게 하는 두 얼굴을 가진 자입니다. 이런 자의 말을 어떻게 믿을 수 있겠습니까?"

　대중들은 모두 링컨이 어떻게 나오나 궁금해했다. 더글러스의 연설이 끝나자 링컨 차례가 왔다. 대중들은 링컨이 더 심한 말로 더글러스를 비난할 거라 예상했다. 하지만 그들의 예상은 보기 좋게 빗나갔다.

　링컨은 단상에 오르자 전혀 흥분하지 않은 목소리로 말했다.

　"앞서 더글러스 후보가 저를 두 얼굴의 괴물로 또는 이중인격자로 몰아붙였습니다. 좋습니다. 여러분, 제가 두 얼굴의 사나이라고 생각하신다면 오늘같이 중요한 날 여러분 앞에 섰는데 잘생긴 얼굴로 나오지 이렇게 못생긴 얼굴로 나오겠습니까?"

　"하하하!"

　순식간에 장내는 폭소가 터졌다. 링컨은 열광하는 대중들이 자기편으로 돌아선 것을 알았다. 더글러스는 상대방을 비난했기 때문에 대중들의 지지를 잃었고, 링컨에게 무릎을 꿇을 수밖에 없었다.

1. 청중을 처음 만나 긴장을 푸는 걸 아이스 브레이크라고 한다. 아래의 아이스 브레이크를 보고 나만의 것으로 개발해 보자. 최근에 들었던 유머를 활용하여 아이스 간략하게 브레이크 원고를 만들어 보자.

안녕하세요? 여러분. 오늘 제가 이 강연장에 오기 위해 택시를 타려고 하는데 술 취한 사람이 옆에서 택시를 잡으려고 길가에 서서 이러는 겁니다.

"로스앤젤레스! 로스앤젤레스!"

그러니 택시가 서겠습니까? 그때 지나가던 택시 기사가 내리더니 그 사람에게 한심스럽다는 듯 다가와서 말하는 겁니다.

"이 사람아, 로스앤젤레스는 건너가서 타야지!"

⇨
_____

_____

_____

_____

_____

_____

2. 아래의 유머를 활용하여 아이스 브레이크 원고로 만들어 보자.

어떤 사업가가 권력을 잡아 부자가 된 정치인을 찾아가 물었다.
"부자가 되는 비결이 뭔지 알고 싶어서 이렇게 찾아뵈었습니다."
그 말에 부자가 된 정치인은 한 마디로 딱 잘라서 말했다.
"그건 아주 쉽습니다. 오줌을 눌 때 한쪽 발을 들면 됩니다."
"그게 무슨 말씀이시죠. 그건 개들이나 하는 짓 아닙니까?"
그러자 부자가 된 정치인은 기다렸다는 듯이 말했다.
"바로 그거요 사람다운 짓만 해서는 절대로 돈을 벌 수가 없습니다!"

회장 선거에 나갔을 때 이 유머를 어떻게 활용할 수 있을까?
⇨

효도를 주제로 연설한다면 이 유머를 어떻게 활용할 수 있을까?

⇨

_____

_____

_____

_____

정의로운 사회를 만들자는 주장을 하는 자리에서 이 유머를 어떻게 활용할 수 있을까?

⇨

_____

_____

_____

_____

다양한 연설 기법은 결국 내가 개발해 내야 하는 거야. 정해진 걸 연습한다는 건 내 것을 개발하기 위한 과정일 뿐이야. 나만의 기법을 완성하는 게 궁극의 목표지.

11
청중을 사로잡는
연설 노하우 2

 연설을 잘할 수 있는 또 다른 팁이 있다면서요. 말씀해 주세요.

 나도 처음엔 그런 게 있는 줄 몰랐는데 강연을 다니다 보니 자동으로 그런 게 생기더구나. 우선 가장 중요한 건 청중들에게 뭔가를 줘야 한다는 거야.

 뭘 준다고요?

 그렇지. 나 같은 경우에는 내 책을 몇 권 가져가서 강연에 집중을 잘한 사람이나 퀴즈를 잘 맞힌 사람에게 한 권씩 주고 사인해 주곤 해. 그러면 그거 하나 받고 싶은 마음에 내 강연에 열심히 몰입하지. 강사가 작은 선물을 준비해 오면 듣는 사람은 집중을 잘하게 돼. 만약 대기업에서 주최한 강연회를 간다면 자기네 제품 하나 정도는 협찬해 줄 수 있지. 그러면 제품 홍보도 되고 누군가에게는 좋은 추억이 될 뿐만 아니라 강연 집중도도 높아질 수 있어. 물론 내 경우 그렇다는 거고, 다른 강사는 또 다른 방식이 있겠지.

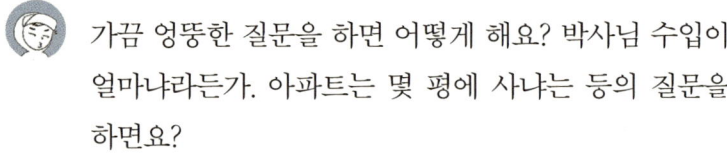

가끔 엉뚱한 질문을 하면 어떻게 해요? 박사님 수입이 얼마냐라든가. 아파트는 몇 평에 사냐는 등의 질문을 하면요?

강연을 하다 보면 별의별 사람이 다 오기 때문에 어떤 돌발 질문이 나올지 모른다. 그럴 때는 강사가 기지를 발휘해야 해. 모든 질문에 대답할 필요는 없지만 그 질문을 많은 사람이 궁금해한다면 대답해 줘야지.

곤란한 질문도요?

거짓말을 해서는 안 되겠지만 그렇다고 모든 질문에 곧이곧대로 대답할 필요도 없어. 나의 경우 "연봉이 얼마에요?" 하고 물어보면 우스갯소리로 답해주지. "돈 찾아서 세어본 적이 없어서 몰라요." 그러면 사람들은 웃고 말지. 아니면 "아파트가 몇 평이에요?" 이렇게 물으면 "현관에서 서재까지 3박 4일 걸려요." 이러면 사람들도 웃으면서 유쾌하게 넘어간단다.

 유머로 청중들과 편안하게 소통하시는군요.

 나는 강연장에 앉아 있는 사람들이 다 내 아들딸이거나 내 후배라고 생각해. 그만큼 편안하게 느껴야 좋은 강연을 할 수 있기 때문이야. 편안한 마음일 때 진정한 소통이 이루어진단다. 앞에 있는 청중들이 내 실수나 흠을 잡으려고 눈을 부릅뜨고 있는 사람이라고 생각하면 긴장할 수밖에 없지.

 저도 그 방법을 써야겠어요.

 편안하게 생각한다고 예의를 잃어버려서는 절대 안 되고 진실되게 대하며 진정성 있게 다가가야 해.

 그건 모든 대화의 기본이잖아요.

 그렇지. 그리고 중요한 것은 사람들 앞에서 말하는 것이 즐겁고 재미있고 보람 있어야 해. 그렇게 느껴지지 않는데 억지로 한다면 그것은 진정성이 없는 거란다.

너무 구식 이야기만 하는 강사도 싫어요.

 그래서 사람들 앞에서 이야기하려면 최근 정보에 대해서도 잘 알고 있어야 해. 따끈따끈한 정보와 세상의 흐름에 대해 이해하고 있어야 할 뿐만 아니라 간혹 실수를 하더라도 그것에 너무 얽매이지 않아야 해.

 옷을 멋있게 입는 건 어때요?

 깔끔하게 옷을 차려입는 게 예의고, 멋있게 차려입으면 청중의 주목을 받을 수 있지. 게다가 목소리까지 좋으면 더욱 좋겠지. 목소리는 훈련을 통해 고칠 수 있단다. 다음 장에서 목소리 훈련법을 말해 줄게.

 와 좋아요!

 그리고 간혹 심리적으로 강사를 기분 나쁘게 하는 사람이 있어도 절대 당황하지 말고 내가 해야 할 말을 정확하게 전달하도록 해.

 저는 그게 잘 안 돼요.

너무 모범생이기 때문이야. 옛날에 내가 강연을 갔는데 한 노인에게 질문하라고 했더니 나더러 몇 살이냐고 묻더구나. 그래서 내가 50대라고 말했더니 깜짝 놀라면서 60인 줄 알았대. 그 말을 들은 청중들이 배를 잡고 웃는 거야. 그래서 나는 이렇게 맞받아주었지.

 어떻게요?

 "선생님은 연세가 어떻게 되세요?" 그러니까 "나는 70대요." 그러기에 나도 똑같이 웃으면서 "아이고 그러세요. 저는 80대인 줄 알았어요." 그랬더니 노인이 펄쩍펄쩍 뛰는 거야. 청중들은 또 한 번 웃었지. 좋은 강사가 되고 싶다면 임기응변에 능해야 한단다.

학교에 가서 강연하게 되면 가장 곤란한 것이 시간이 되면 꼭 자동으로 수업 종이 울린다는 거다. 진지하게 강의에 몰두한 학생들에게 이야기하고 있는데 갑자기 벨이 울리면 분위기가 깨지고 어색해진다. 게다가 벨 소리는 왜 또 그리 큰지.

나는 이런 벨 소리를 임기응변의 소재로 삼는다. 한번은 어느 여고에 가서 그간 내가 살아온 이야기를 하고, 장애에도 불구하고 내가 260권이 넘는 책을 발간했으며 죽는 날까지 500권의 책을 내는 것이 목표라고 한껏 고조된 분위기에서 열변을 토하고 있었다.

"나는 아무도 가보지 않을 길을 갈 것입니다. 세계 기록을 세우고 다산 정약용 선생님의 저서 500권을 뛰어넘을 것입니다!"

그때 벨이 울렸다. 〈엘리제를 위하여〉였다.

"따리리리리~리리리리!"

"보십시오. 엘리제도 축하해주고 베토벤도 기뻐하지 않습니까?"

여고생들은 재미있다며 파안대소했고 나는 당황하지 않고 임기응변으로 강의를 방해하는 벨 소리의 위기를 넘겼다. 물론 그날의 강연은 최고였다.

1. 다음과 같은 돌발질문에 유연하게 대처해 보자.

왜 웃기게 생겼어요?

⇨

_____

왜 말을 더듬어요?

⇨

_____

공부 잘해요?

⇨

_____

여친(남친) 있어요?

⇨

_____

_____

반에서 몇 등 해요?

⇨

_____

_____

2. 내가 말하려는 주제에 맞는 가장 핫한 정보를 인터넷에서 검색해 보고 어떻게 내 이야기에 접목시킬 것인지 고민해 보자.

인터넷에서 내 관심사를 검색해 가장 최근 것을 기록해 보자.
⇨

_____

_____

내 관심 분야에서 소개할 만한 가장 멋진 사람을 조사해 보자.
⇨

_____

_____

내가 관심 있는 분야에서 부작용은 무엇인지 조사해 보자.
⇨

_____

_____

_____

 임기응변이나 재치도 훈련이 되어 있어야 해. 하루아침에 만들어지는 게 아니야. 그러니 남들은 어떻게 하나 잘 관찰해서 내 것으로 만들어야지.

12
프레젠테이션하는 법

 박사님, 프레젠테이션은 정말 어려워요. 사람들 앞에서 그림도 보여 줘야 하고, 말도 해야 하고, 설득력 있게 접근하기가 힘들어요.

 프레젠테이션은 소통의 정점에 있는 대화 방법이지. 화면으로 자료를 보여주면서 말과 행동으로 청중들과 소통해야 하기 때문이야. 소통에는 세 가지 요소가 있단다.

1. 말
2. 목소리 톤
3. 제스처

이 세 가지를 종합적으로 운영하는 게 프레젠테이션

이야.

 PPT도 중요한 것 같아요. 자료 화면이 좋아야 하니까요.

 당연하지. 볼거리가 많을수록 청중들은 더 끌리게 되어 있어. 훌륭한 사진 한 장이 백 마디 말보다 나을 수 있지. 짧은 동영상 하나가 사람들의 마음을 움직이기도 해. 이 모든 것들을 최선을 다해 청중에게 전달해야 한단다.

 하지만 너무 비주얼 위주로만 가면 청중이 무슨 말을 했는지 기억 못 할 것 같아요.

 그래서 조화가 필요해. 말과 행동에 덧붙여 화면을 보여 줘야지. 무엇이든 너무 과하지 않아야 해.

 자료를 준비할 때는 어떻게 해야 하나요?

 제일 중요한 건 청중에 대해 파악하는 거야.

첫째, 그들이 듣고 싶은 말을 해줘야 하고
두 번째, 그 내용을 효과적으로 전달해야 하고

셋째, 정성과 열정으로 발표를 들은 사람들의 마음을 바꾸거나 행동하도록 만들어야 해.

우리나라가 평창 동계올림픽 개최권을 따올 때 전 세계 IOC 위원들에게 평창에 한 표 행사해 달라고 설득한 것은 중요한 예가 될 수 있어. 국가마다 최선을 다해서 자기 나라에 표를 달라고 했지만 결국 우리가 따낸 거잖아.

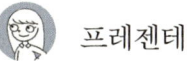 프레젠테이션은 정말 치열한 승부의 세계군요.

 PPT는 기계라서 도중에 망가지거나 끊길 수도 있는데 이런 사고가 일어났을 때는 어떻게 해야 하죠?

 좋은 질문이야. 그럴 때를 대비해서 발표하는 사람은 발표할 내용에 대해 충분히 숙지하고 있어야 해. 당황하지 말고 말만으로도 충분히 설명할 수 있어야 하기 때문이야. 제일 발표를 못 하는 사람이 PPT를 읽으면서 소개하는 거야. 그런 사람은 PPT가 망가지면 당황하고 결국 강연을 망치게 되지.

 한마디로 화면은 거드는 것일 뿐이네요.

첫 마디부터 청중을 사로잡는 게 가장 어려운 것 같아요.

 그렇지. 시간은 짧고 청중들은 지루해하니까 발표 초반에 청중을 사로잡아야 해. 처음부터 자극적으로 핵심을 찔러야 사람들이 주목하고 긴장을 하지. 오프닝 멘트로 청중을 휘어잡을 줄도 알아야 해.

 아이스 브레이크와 비슷한 건가요?

 아이스 브레이크와도 비슷하지. 하지만 프레젠테이션은 목적을 가지고 이야기하는 거니까 보다 주제에 접목한 강력한 메시지를 전달해야 해.

 유머를 쓰는 건 어때요.

 유머도 물론 중요하지. 중간중간 재미있는 멘트로 사람들의 긴장을 풀어줘야 해. 발표가 끝난 후에는 클로징 멘트로 다시 한번 메시지를 전달해 주어야 한단다. 앞서 이야기한 것들을 정리해 주는 것도 좋아.

 사람의 마음을 움직이려면 어떻게 해야 하나요?

되도록 긍정의 언어를 쓰는 게 좋아. 다음과 같은 단어가 긍정의 언어들이지.

할 수 있다 / 도전하자 / 변할 수 있다 / 함께 하자 / 감사하자 / 불가능은 없다

 말만 들어도 불끈불끈 힘이 솟는 것 같아요.

 긍정의 힘이지. 프레젠테이션을 잘하려면 대가들의 동영상을 보는 것도 많은 도움이 될 거야. 스티브 잡스 같은 사람은 한 번의 프레젠테이션을 위해 엄청나게 많은 연습을 하는 사람이야.

 역시 연습이 중요하군요.

 연습이 천재를 만든다는 말도 있잖니. 자기가 발표하는 걸 카메라로 찍어 동영상을 보면서 무엇이 잘못되었는지 확인하고 고쳐나간다면 더할 나위 없이 좋지. 발음이라든가 행동, 빔프로젝터 활용 능력 등 다양한 것들을 확인하는 데는 동영상만 한 게 없단다.

 맞아요. 화면으로 보면 자기 자신이 객관화돼서 보여요.

그렇지 연습과 모니터링을 통해서 잘못된 행동을 고쳐 나간다면 훌륭한 프레젠테이션을 할 수 있고, 성공적인 발표를 할 수 있지.

 방송에서는 리허설 같은 걸 하던데요!

 되도록 자기가 발표할 장소에 가서 그날 입을 옷을 입고 화면 앞에서 연습해 보는 게 좋아. 연습해 보지 않으면 돌발 상황에 대처할 수가 없거든. 엄청난 연습을 통해 성공적인 발표와 프레젠테이션을 할 수 있어. 그것이 바로 마음을 움직이는 프레젠테이션으로 이어진단다.

스티브 잡스(Steve Jobs)는 프레젠테이션의 대가다. 그의 프레젠테이션은 수많은 사람이 원고를 만들고 연출하며 동선 하나하나까지 짜는 거로 유명하다. 아주 자연스럽지만 사실은 자연스러운 호흡이나 동작까지도 모두 계산된 것이다.

잡스의 프레젠테이션 십계명은 다음과 같다.

1 프레젠테이션의 주제를 제시하라.

2. 제품에 대한 열정을 드러내라.

3. 프레젠테이션의 전체 윤곽을 보여줘라.

4. 숫자를 의미 있게 만들어라.

5. 청중이 잊지 못할 순간을 만들어 주어라.

6. 시각적인 슬라이드를 보여줘라.

7. 멀티미디어 쇼를 해라.

8. 실수해도 당황하지 마라.

9. 제품의 장점을 확실히 알려라.

10. 연습에 또 연습만이 살길이다.

스피치 훈련

1. 게임을 하는 건 시간 낭비라는 걸 다음 대상에게 맞춰 1분 스피치로 말해 보자.

　초등학생

　⇨

　　───────────────────────────────

　　───────────────────────────────

　　───────────────────────────────

　　───────────────────────────────

　친구들

　⇨

　　───────────────────────────────

　　───────────────────────────────

　　───────────────────────────────

　　───────────────────────────────

부모님들

⇨

_____

_____

_____

_____

선생님들

⇨

_____

_____

_____

_____

2. 어떻게 해야 다음과 같은 청중에게 주목도를 높일 수 있을까? 신선한 첫마디를 고민해 보자.

장애인

⇨

경찰관

⇨

운동선수

⇨

어르신

⇨

영업사원

⇨

 쥐들은 마당 한가운데로는 절대 안 다녀. 고양이들의 공격을 두려워하기 때문에 항상 담장 밑으로만 살살 다니지. 내가 쥐를 잘 잡을 수 있는 건 그 녀석들의 성향을 잘 알고 담장 끝에서 기다리고 있기 때문이야.

　　최근에 나는 친구 한 사람을 제자로 받았다. 강사가 되고 싶다는 친구다. 오랜 사회경험을 토대로 강사가 되어 청소년들과 세상 사람들에게 좋은 이야기를 많이 해주고 싶다고 한다.

　　그런 그를 훈련시키려고 자주 사람들 앞에 세운다. 그러면 그 친구는 하고 싶은 말이 한꺼번에 쏟아져 나와 어쩔 줄 몰라한다. 하고 싶은 말들이 마구 뒤엉키는 거다. 그런 그에게 나는 말했다.

　　"친구야. 좋은 강사가 되려면 먼저 남의 말을 많이 들어야 해."

　　그렇다. 말을 잘하려면 먼저 상대방의 말을 잘 들어야 한다. 듣는 이들이 원하는 것이 무엇인지 '귀여겨' 듣다 보면 무슨 말을 어떻게 해야 할지 알게 된다.

　　글은 읽는 사람을 위해 쓰는 것이듯, 말은 듣는 사람을 위해 하는 것이다. 이렇게 서로의 이야기를 듣고 자기가 하고 싶은 말을 하는 것을 우리는 소통이라고 부른다. 소통이 부족한 시대다. 이럴 때일수록 우리는 말을 잘해야 한다. 아니 잘 들어야 한다. 뻔한 말이지만 귀가 두 개고 입이 하나인 이유도 그래서다.

　이 책이 독자들의 말하기 능력 향상에 조금이라도 도움이 되었으면 좋겠다. 잘 듣고 자기 생각을 조리 있게 말하고 손들고 질문하는 사람이 많은 세상이 어서 빨리 오면 좋겠다.

표현과 전달하기 **03**

고정욱의 말하기 수업

초판 1쇄 인쇄 2017년 6월 10일
초판 1쇄 발행 2017년 6월 15일

지은이 고정욱
일러스트 신예희
펴낸이 이범상
펴낸곳 (주)비전비엔피 · 애플북스

기획 편집 이경원 박월 김승희 김다혜 배윤주
디자인 김혜림 이미숙
마케팅 한상철 이준건
전자책 김성화 김희정
관리 이성호 이다정

주소 우)04034 서울시 마포구 잔다리로7길 12 (서교동)
전화 02)338-2411 | **팩스** 02)338-2413
홈페이지 www.visionbp.co.kr
이메일 visioncorea@naver.com
원고투고 editor@visionbp.co.kr

등록번호 제313-2007-000012호

ISBN 979-11-86639-54-2 13800

「이 도서의 국립중앙도서관 출판시도서목록(CIP)은 서지정보유통지원시스템 홈페이지(http://seoji.nl.go.kr)와
국가자료공동목록시스템(http://www.nl.go.kr/kolisnet)에서 이용하실 수 있습니다.(CIP제어번호: CIP2017012454)」

조리 있고 분명하게
나의 이야기를 전달할 수 있다면

그 사람은 여러 기회를
자신의 것으로 만들 수 있다.

-고정욱-